Une nuit avec Enzo Bartolini

JENNIFER FAYE

# Une nuit avec Enzo Bartolini

*Traduction française de*
VIRGINIE CANTIN

AZUR

HARLEQUIN

*Collection :* Azur

*Titre original :*
THE ITALIAN'S UNEXPECTED HEIR



**HARPERCOLLINS FRANCE**
83-85, boulevard Vincent-Auriol, 75646 PARIS CEDEX 13
Service Lectrices — Tél. : 01 45 82 47 47 - www.harlequin.fr
ISBN 978-2-2804-5284-7 — ISSN 0993-4448

Composé et édité par HarperCollins France. Achevé d'imprimer en mars 2021.
par CPI Black Print - Barcelone - Espagne
Dépôt légal : avril 2021.

FSC
www.fsc.org
MIXTE
Papier issu de sources responsables
FSC® C159065

Pour limiter l'empreinte environnementale de ses livres, HarperCollins France s'engage à n'utiliser que du papier fabriqué à partir de bois provenant de forêts gérées durablement et de manière responsable.

# Prologue

Il avait fallu presque tout perdre… pour faire la paix avec un passé troublé et embrasser un avenir plein d'amour.

*Paris, France, juillet*

— Félicitations ! Je savais que tu réussirais !

Enzo Bartolini se tourna vers la jolie femme qui se tenait à côté de lui. Son ton enjoué et l'étincelle qui brillait dans ses yeux lui confirmèrent qu'elle était plus ravie encore que lui par cette soirée, alors que c'était l'inverse qui aurait dû se produire. Lui qui rêvait depuis des années de cette récompense aurait dû se sentir pousser des ailes, mais maintenant qu'elle était là, elle lui semblait vaine et creuse.

L'exaltation qui aurait dû accompagner ce moment était absente. Le sentiment d'avoir accompli quelque chose, d'être enfin digne des louanges de son père, lui faisait défaut. Le passé jetait une ombre sur le présent.

Malgré tout, Enzo plaqua sur ses lèvres un sourire doux-amer. En vérité, il n'avait rien gagné, du moins rien dont il se sentît digne.

Pendant des années, il avait encouragé son père à participer à des concours vinicoles. Enzo savait que la reconnaissance mondiale ferait augmenter la demande et, par conséquent, la valeur de ses vins. Mais son père s'était montré têtu, comme d'habitude, prétendant qu'il lui suffisait de travailler la terre chaque jour et d'en tirer un profit confortable. Il n'avait pas besoin de tous ces honneurs.

Mais Enzo, lui, en avait besoin. Pour remplir l'immense vide qu'avait laissé en lui la mort de ses parents, qui lui avaient été brutalement arrachés. Le stupide accident de la route qui leur avait coûté la vie avait bouleversé à jamais sa vie, et celle de ses deux sœurs.

Enzo secoua la tête pour chasser les terribles images de tôle froissée, de dévastation qui l'assaillaient soudain. Ce soir, l'ambiance était à la fête, à la victoire. Enfin, un événement heureux se produisait dans sa vie. Alors pourquoi se sentait-il aussi mal ?

Il se pencha pour défaire son nœud papillon et desserrer le bouton de sa chemise quand Sylvie lui dit :

— Ne fais pas ça. Pas encore. Il me faut d'abord une photo de toi.

Il laissa retomber sa main.

Au cours des derniers mois, Sylvie DeLuca était devenue son amie. Elle avait un merveilleux sourire et elle savait écouter – même lui, qui n'était pourtant pas bavard.

Ce soir, au clair de lune, il la trouva soudain très belle. Comment avait-il pu ne pas le remarquer pendant tout ce temps ?

Sylvie le tira par le bras.

— Prenons la photo ici ! Ce sera magnifique.

Enzo regarda autour de lui. La tour Eiffel illuminée scintillait dans le ciel obscur. C'était un décor de carte postale, un peu cliché, mais il se surprit à le trouver charmant.

— Ne bouge pas ! lança Sylvie en sortant son téléphone de son sac verni noir. Regarde-moi !

Quand il comprit qu'elle allait le prendre en photo, seul, il cessa de sourire. Il ne voulait pas être seul, du moins pour ce soir. Ce soir, il voulait que Sylvie soit à côté de lui. Après tout, elle avait tout laissé tomber pour l'accompagner dans cette aventure. Et il savait qu'il n'avait pas été facile pour elle, en tant qu'organisatrice de mariages, de déléguer à quelqu'un d'autre les tâches qu'elle accomplissait d'ordinaire elle-même. Heureusement pour lui, un mariage avait été annulé, sinon Sylvie n'aurait pas pu être auprès de lui.

Mais elle était là, et elle le fascinait. Tout le monde, à la cérémonie de remise des prix, l'avait remarquée. Sa robe noire, avec son haut bustier, soulignait la finesse de sa taille, et ses jolies sandales révélaient ses orteils peints de rouge.

Elle était passée du statut de femme d'affaires en tailleur sur mesure à celui de femme fatale capable de faire tourner la tête de tous les hommes, et plus particulièrement la sienne. Et cela le mettait très mal à l'aise, car il n'avait qu'une envie : la prendre dans ses bras et embrasser ces lèvres tentantes. Mais il résista. Ils étaient amis. Rien de plus…

Elle lui fit signe de se déplacer vers sa droite.

— Oui. C'est parfait !

— Non ! protesta-t-il. Viens près de moi ! Je veux que tu sois sur la photo, toi aussi.

Sylvie secoua la tête.

— Non ? C'est toi, le roi de la soirée.

— Mais sans toi, je n'aurais pas pu gagner.

C'était vrai. Elle l'avait poussé à soumettre son vin au prestigieux concours international. Honnêtement, il ne pensait pas que leur petit vignoble avait une chance de rivaliser avec des domaines plus connus, mais Sylvie avait insisté. Décidant qu'il n'avait rien à perdre, il s'était inscrit.

Avait-elle rougi ? Il la regarda plus attentivement, mais il faisait trop sombre pour le savoir. Le flash crépita, l'aveuglant pendant un instant.

— Je t'enverrai cette photo, promit-elle.

— Non. Je veux une photo de nous deux ensemble, pour avoir un souvenir de cette soirée.

Ce ne fut que lorsque ces mots sortirent de sa bouche qu'il en comprit le véritable sens. À moins qu'il ne se fasse des idées, et que l'attirance très forte qu'il éprouvait pour elle fausse son jugement. Elle était l'amie de sa sœur, *son* amie.

Il savait que céder à cette attirance serait une erreur. Sylvie n'était pas le genre de femme à apprécier les aventures d'un soir. Elle avait besoin d'engagement, or c'était précisément ce qu'il fuyait en ce moment.

Il chassa ses pensées importunes d'un revers de main. Qu'est-ce qui lui arrivait ? Il n'avait jamais pensé à Sylvie en ces termes, alors pourquoi ce soir ? Était-ce le fait d'être avec elle à Paris, ville romantique par excellence ? Est-ce qu'il avait trop bu pour fêter son succès ?

Il s'accrochait à cette idée quand il se rendit compte qu'elle se tenait à côté de lui. Le plus naturellement du monde, il passa le bras autour de sa taille pour prendre la photo.

— Souris…

Quand il eut terminé, elle dit :

— Prends-en une autre.

Une nouvelle fois, il tendit le bras devant lui.

— OK. Tu es prête ?

Comme elle ne répondait pas, il se tourna vers elle… Quand leurs yeux se rencontrèrent, il sut qu'elle voulait davantage qu'une relation platonique, et il sentit son cœur s'emballer. Lui aussi…

Sylvie avait l'impression d'être sortie de son corps. Comment expliquer, sinon, qu'elle ait eu le courage de tendre la main pour toucher la joue fraîchement rasée d'Enzo ?

À moins qu'elle n'ait décidé de saisir cet instant de bonheur ? Dans sa courte vie, elle avait appris qu'ils étaient rares et éphémères…

En cet instant, elle ressentait tant d'émotions intenses qu'elle n'arrivait pas à les nommer. Ce qui ne l'avait pas empêchée de se hisser sur la pointe des pieds pour se retrouver juste en face de lui, la bouche à un souffle de la sienne…

Sans songer aux conséquences de ses actes, elle combla la distance qui les séparait et posa les lèvres sur les siennes. Comme il ne réagissait pas, elle sentit son cœur se fissurer puis, soudain, le bras d'Enzo s'enroula autour de sa taille, l'attirant à lui.

— Sylvie, je…

— Ne dis rien…

Elle savait qu'il allait s'excuser de l'avoir embrassée, gâchant ce moment précieux.

— Je n'aurais pas dû. J'ai dérapé…

— Et c'est moi qui l'avais cherché ? répliqua-t-elle en plantant les yeux dans les siens. Enzo, cela fait longtemps que j'avais envie de t'embrasser. Ce soir, j'ai enfin trouvé le courage de faire le premier pas.

Était-ce bien elle qui avait prononcé ces paroles ? Jamais elle n'avait parlé avec autant d'audace à un homme. C'était peut-être pour ça qu'elle n'avait pas de petit ami, et était encore vierge. Dans le passé, elle s'était occupée de sa mère malade, et n'avait guère eu le temps de nouer des relations stables. Mais aujourd'hui, c'était différent, et tout ce qui lui arrivait ne dépendait que d'elle.

Elle en avait assez de rester sur la touche, de voir sa vie défiler. Il était temps de prendre son destin en main, temps de faire ce qu'elle voulait, au lieu de se contenter d'en rêver !

Or en ce moment, ce qu'elle voulait, c'était Enzo.

Elle lui faisait confiance, plus qu'à n'importe qui d'autre au monde. Ces derniers mois, ils avaient passé presque toutes leurs journées ensemble et se connaissaient bien. Il était charmant. Attentionné. Généreux. Et il avait le sens de la famille.

Et puis, il y avait son physique. Grand, musclé, sexy, avec de grands yeux noirs mystérieux qui dissimulaient une foule de secrets qu'elle aurait voulu voir dévoilés. Et ses cheveux bruns épais seraient si doux, sous ses doigts…

— Sylvie, je ne suis pas en mesure d'avoir une relation sérieuse, je…

Elle posa le bout de son index sur sa bouche.

— Je ne te demande rien de tel, murmura-t-elle. Juste cette nuit. Demain est un autre jour…

Il hésita, en proie à une évidente confusion.

— Je ne veux pas te faire de mal.

Le fait qu'il se soucie autant d'elle la toucha au plus profond. Elle le gratifia d'un sourire rassurant.

— Tu ne me feras pas de mal. Tu as toujours été si prudent, si bienveillant avec moi…

Un silence gênant accueillit cette déclaration, et elle sentit son cœur battre la chamade. Que faire si tout cela lui explosait au visage ? Après tout, elle n'était pas une grande séductrice, et n'avait aucune expérience avec les hommes. Si elle s'était déjà ridiculisée à ses yeux ?

— Veux-tu continuer cette conversation à l'hôtel ?

Sa voix grave la fit sursauter et quand elle leva la tête vers lui, le désir qu'elle vit brûler dans ses yeux dissipa ses doutes.

Au lieu de répondre, elle lui offrit une nouvelle fois sa bouche, puis approfondit le baiser pour lui montrer qu'elle ne voulait pas que cette soirée romantique se termine trop vite. En fait, ce n'était que le début…

Mêlant les doigts aux siens, elle prit la direction de leur hôtel. La peau d'Enzo était rugueuse contre la sienne, et cela l'excita curieusement, comme tout ce qui le concernait.

Ils marchèrent en silence, puis s'arrêtèrent devant une chambre qui se trouvait être la sienne. Son cœur battait la chamade et un frisson d'anticipation courait dans son dos.

Elle se tourna vers lui et demanda :

— Tu n'as pas changé d'avis, n'est-ce pas ?

En le voyant hausser les sourcils, elle s'interrogea. Avait-elle dit quelque chose de mal ?

Alors, il plaça un doigt sous son menton et l'obligea à lever la tête.

— Pourquoi crois-tu que j'ai changé d'avis ? Tu es la femme la plus belle et la plus étonnante que j'aie jamais rencontrée. Je n'arrive pas à croire que tu aies envie de moi, toi aussi…

— J'ai envie de toi…

Sa voix était si faible qu'elle n'était pas sûre d'avoir vraiment prononcé ces mots, mais un simple regard sur le visage d'Enzo lui confirma qu'il l'avait parfaitement entendue.

Comment avait-il pu ne pas remarquer qu'il lui plaisait, depuis tout ce temps ? Elle, au contraire, avait l'impression que ses sentiments se lisaient sur son visage, chaque fois qu'elle le regardait. Ainsi, il devait savoir qu'elle n'avait aucune expérience… Elle ne pouvait pas s'empêcher de se demander pourquoi il voulait lui faire l'amour alors qu'elle ne savait pas ce qu'elle faisait. Elle songea un instant à le lui demander, mais sa bouche était si sèche qu'elle ne put prononcer un seul mot.

Mais heureusement, cette fois, c'est Enzo qui se pencha pour presser ses lèvres contre les siennes. Son baiser, bien qu'assez doux, était plein de fougue, et elle sentit une flambée de désir l'embraser tout entière.

Ce soir, elle allait devenir une femme dans tous les sens du terme. Bientôt, elle n'aurait plus rien à envier à ses amies. Ce soir, elle allait découvrir le sexe avec l'homme le plus merveilleux du monde.

# 1.

*Toscane, six semaines plus tard*

Il avait un secret.

Un secret qu'il avait toujours refoulé.

Un secret qu'il gardait depuis trop longtemps.

Enzo faisait les cent pas sur le grand balcon. Le front plissé, il sentait la migraine enfler, la tête comme dans un étau.

Il savait depuis de nombreuses années que l'un des enfants Bartolini n'était pas un vrai Bartolini – du moins, pas par le sang.

Comme chaque fois qu'il se remémorait ces événements bouleversants, il sentit sa poitrine se serrer. S'il n'avait jamais rien dit – jamais admis la douloureuse vérité –, c'était parce qu'il pensait que c'était lui, l'enfant illégitime.

Il se passa les doigts dans les cheveux et laissa échapper un long soupir. Quel gâchis ! Depuis la découverte du journal intime de sa mère et l'ouverture du testament de ses parents, il n'avait toujours pas recouvré ses esprits.

Et il continuait d'accumuler les erreurs. Même si cela faisait des semaines qu'il n'était pas retourné à Paris, Enzo s'en voulait encore d'avoir laissé les choses déraper avec Sylvie. Et à juste titre. Avant cette fameuse nuit, elle était vierge. Vierge ! se répéta-t-il, comme pour mieux saisir tout ce que signifiait ce mot.

Elle aurait dû faire ce cadeau à un homme qu'elle aimait, lors d'une soirée romantique, avec roses rouges et champagne, au lieu de se donner à lui…

La culpabilité pesait lourd sur ses épaules. Il fouilla dans sa mémoire, essayant de se rappeler si elle lui avait dit qu'elle était vierge, avant. Mais il était certain qu'elle n'en avait pas parlé.

Et pourtant, depuis cette nuit de passion, il pouvait à peine la regarder en face, persuadé qu'elle attendait quelque chose de lui. Or il n'avait rien à lui offrir. Oui, sa vie était un vrai gâchis !

Pour couronner le tout, le lendemain, c'était son anniversaire, et il n'était absolument pas d'humeur à faire la fête.

Sur le balcon qui surplombait le grand domaine familial récemment rénové en hôtel-boutique, Enzo avait du mal à croire que moins d'un an plus tôt, ses parents étaient encore là. Maintenant, ils étaient partis pour toujours, emportant son rêve de famille unie et heureuse…

Depuis leur mort, les changements s'étaient succédé à un rythme soutenu. Rien n'était plus comme avant. Au sein de la fratrie, chacun avait pris des décisions importantes, qui avaient changé le cours de sa vie. Et maintenant, c'était son tour.

Cela aurait dû être le plus grand tournant de sa vie et pourtant, il lui avait suffi d'une soirée pour trancher. Dans l'ensemble, cela avait été assez facile, et il voulait désormais officialiser la chose.

Maintenant qu'il avait clairement formulé sa décision, il était heureux de voir le soleil du lundi matin se lever comme il l'avait toujours fait, ignorant des changements qui se produisaient dans sa vie. Il continuerait à vivre selon ses habitudes. Aujourd'hui, il était déjà allé inspecter les vignes. Bientôt viendraient les vendanges…

C'était sa première saison à la tête du vignoble, et cela promettait d'être leur meilleur millésime. Son père aurait aimé voir son travail porter ses fruits mais hélas, à cause de ce stupide accident de voiture, c'était impossible…

Si ses parents étaient encore là, la famille d'Enzo n'aurait pas été anéantie par le profond et sombre secret que ceux-ci avaient gardé pendant des décennies. C'était un secret qu'Enzo pensait avoir deviné, mais, lorsque les tests ADN avaient révélé que sa plus jeune sœur, Gia, était le fruit de la liaison de leur mère, il avait été complètement terrassé.

La nouvelle avait stupéfié Gia et lui avait brisé le cœur. Mais il n'aurait pas pu être plus fier d'elle quand elle s'était ressaisie pour partir à la recherche de son père biologique. Tout le monde n'en aurait pas été capable, et lui-même se demandait comment il aurait réagi, à sa place…

— Enzo, tu as du courrier, dit Sylvie en le rejoignant sur le balcon.

Il ne se retourna pas.

— Je ne veux pas le regarder maintenant. Pose-le dans le bureau, s'il te plaît…

Puis il se sentit rougir en se rendant compte qu'il avait oublié les manières que sa mère lui avait inculquées, et ajouta :

— Merci.

— Il faut que tu voies quelque chose…

Ces paroles éveillèrent sa curiosité.

— Quoi donc ?

— Cela vient de tes sœurs, je crois…

Un sourire apparut sur ses lèvres. Malgré tout, elles se rappelaient encore la date de son anniversaire. Lorsque Sylvie lui tendit deux enveloppes, il les accepta volontiers.

La première contenait une carte postale de l'île de Lapri. On y voyait un chien léchant une glace avec la plage en arrière-plan. Certes, ce n'était pas exactement une carte d'anniversaire, mais c'était l'intention qui comptait. Il la retourna, certain qu'elle était signée Gia.

*Je m'amuse bien. La rénovation de la villa est presque terminée. Je vais devoir trouver une autre maison à remodeler. G*

C'était tout ? Il relut la carte. Pas de souhaits d'anniversaire ? Ni même de « tu me manques » de « je reviens bientôt » ou de « bons baisers ». Juste un petit mot et une signature…

Sa bonne humeur s'envola d'un coup, et il sentit la mélancolie le gagner de nouveau. Oui, songea-t-il avec un soupir, leur famille jadis soudée était à jamais brisée et entre lui et ses sœurs, rien ne serait plus comme avant. Si seulement il n'avait pas gardé ce secret, peut-être que les choses se seraient déroulées différemment ?

— Tu n'ouvres pas l'autre ?

De nouveau, la voix de Sylvie le tira de ses pensées.

— Ça a l'air d'un courrier officiel.

Enzo retourna l'enveloppe couleur crème et vit un tampon imprimé au dos, avec le nom de son autre sœur, Bianca. Il remarqua que l'enveloppe était lourde, comme si elle contenait une véritable carte d'anniversaire, et il ne put réprimer un petit sourire. Bianca n'avait pas oublié…

Il se rappela la seule fois où elle lui avait préparé une surprise. C'était une fête d'anniversaire, dans le jardin. Le seul problème, c'est qu'elle n'avait invité que ses propres amies, et que la plupart d'entre elles avaient le béguin pour lui. Bianca s'était bien amusée, mais lui n'avait jamais été aussi heureux de voir une fête se terminer.

Il glissa son doigt sous le rabat.

— Arrête !

— Quoi ?

Sylvie lui lança un regard horrifié, comme s'il s'apprêtait à détruire quelque chose de sacré.

— Tu ne peux pas déchirer ça.

— Pourquoi pas ?

Ce n'était qu'une enveloppe, après tout. Bien sûr, elle était très jolie, mais tout de même…

— Si je ne l'ouvre pas, comment saurai-je ce qu'il y a à l'intérieur ?

— Attends. Ne bouge pas. Je reviens tout de suite, lança Sylvie avant de se précipiter à l'intérieur de la villa.

Il songea à déchirer le papier, mais il ne voulait pas contrarier Sylvie. Elle serait assez bouleversée comme cela quand il lui annoncerait la nouvelle, alors inutile d'en rajouter. Mais pourquoi diable faisait-elle tant d'histoires pour une simple enveloppe ?

Une minute plus tard, elle revint, un coupe-papier en argent à la main.

— Tiens.

Il prit le coupe-papier, un objet plus vieux que lui et qui s'était transmis de génération en génération. La pointe métallique glissa facilement dans le pli et le papier se déchira en une ligne parfaitement droite. C'était beau et propre, comme le voulait Sylvie.

Quand il sortit la carte, il se rendit tout de suite compte qu'il ne s'agissait pas d'une carte d'anniversaire, mais plutôt d'un faire-part. Aucune des deux sœurs ne s'était souvenue de son anniversaire !

— Qu'est-ce que c'est ?

La curiosité était presque palpable dans la voix de Sylvie.

Sans un mot, il lui tendit l'invitation.

Elle commença à lire, les yeux écarquillés.

— C'est incroyable ! Ta sœur va se marier ! Tu dois être tellement heureux pour elle ! Te rends-tu compte qu'elle va épouser un vrai prince, qui va devenir ton beau-frère ?

Enzo s'éclaircit la gorge.

— Je me fiche de savoir qui épouse ma sœur tant qu'il la rend heureuse.

— Je suis sûre que le prince Léo la rendra heureuse,

affirma Sylvie. Elle avait l'air ravie de déménager en Patazonie, en tout cas.

Il ne voulait pas parler de sa sœur, et surtout pas de la nouvelle vie qui lui avait été imposée après la lecture du testament de leurs parents, qui stipulait qu'un seul des trois frères et sœurs devait hériter du domaine familial. Peut-être que sans ce testament étrange et cette exigence ridicule, sa famille serait encore réunie !

Il chassa tout de suite ces pensées dérangeantes. C'était sa faute. Il aurait dû faire plus d'efforts pour protéger ses sœurs – et maintenir la cohésion de la famille.

« Tu es le grand frère. Tu dois veiller sur tes sœurs. Les garder en sécurité. »

De nouveau, les mots de son père résonnèrent dans son esprit. Combien de fois les lui avait-il répétés ? Trop pour les compter. Et maintenant, alors qu'il était urgent qu'il s'en souvienne, il les avait oubliés !

Non seulement il avait laissé tomber ses sœurs, mais il allait aussi décevoir Sylvie, qui n'avait pas vu venir cette nouvelle, elle non plus…

Que se passait-il ?

Plus Sylvie observait Enzo, plus elle sentait la confusion la gagner. Il se comportait de manière étrange depuis qu'il avait remporté ce concours vinicole. Au lieu de se réjouir, il était de mauvaise humeur et taciturne. Et le pire, c'est qu'il s'était éloigné d'elle…

Alors qu'ils étaient amis, plaisantant et échangeant beaucoup ensemble, ils se comportaient désormais comme de simples connaissances. Toute chaleur, toute légèreté avaient disparu entre eux.

Quand il l'avait invitée à Paris, elle avait cru que c'était le début de quelque chose de sérieux. Hélas, elle s'était lourdement trompée…

Quelques semaines après leur retour, tout avait changé. Non seulement Enzo avait érigé un mur entre eux, mais avec sa décision de fermer l'hôtel-boutique, l'entreprise d'organisation de mariages qu'elle avait créée était en perte de vitesse. Maintenant que le lieu et l'hébergement n'étaient plus disponibles, les clients s'adressaient à ses concurrents.

Peut-être que si rien n'avait changé entre eux pendant ce voyage à Paris, elle aurait pu convaincre Enzo de rouvrir l'hôtel. Mais vu l'humeur dans laquelle il était ces jours-ci, cela ne risquait pas de se produire !

Sans cette nuit inoubliable, les choses auraient été différentes. Elle se sentit rougir en se remémorant chaque détail de la soirée où il avait remporté le prestigieux concours. Une chose en entraînant une autre, elle avait fini la nuit dans son lit. Cette nuit avait été inoubliable et depuis, elle avait espéré que cela avait autant compté pour lui que pour elle...

Mais ensuite, ils étaient revenus en Toscane, et c'était comme si leur passion n'avait été qu'un rêve. Un rêve torride et émouvant, mais un rêve tout de même. Et bien que cela remonte à quelques semaines, elle essayait toujours de comprendre ce qui s'était passé.

Ils avaient juste besoin de crever l'abcès, décida-t-elle. Elle avait des choses importantes à lui dire et, cette fois, elle ne le laisserait pas chercher un prétexte pour s'en aller, comme il l'avait déjà fait tant de fois.

Elle prit une profonde inspiration, puis se jeta à l'eau.

— Enzo, j'ai quelques idées à te soumettre à propos de l'avenir de mon entreprise...

Elle redressa les épaules et planta les yeux dans les siens pour bien marquer le sérieux de son propos. Allait-il l'écouter, cette fois ? Ou trouverait-il encore une excuse ?

— Peut-être plus tard, dit-il en se dirigeant vers la porte. Je dois retourner au travail.

Dans le passé, elle l'aurait laissé s'échapper. Elle aurait peut-être dû parler avant, ne pas laisser ainsi traîner les choses. Mais la situation était si tendue entre eux qu'elle n'avait pas su comment s'y prendre.

Au début, elle avait pleuré sur son oreiller, toutes les nuits. Puis, le temps avait apaisé son cœur blessé – à moins qu'un sursaut de fierté se soit emparé d'elle ? Quoi qu'il en soit, elle refusait de subir son silence, son indifférence. Même s'il ne partageait pas ses sentiments, elle ne méritait pas cela, pas après ce qu'ils avaient partagé.

Elle se précipita vers la porte avant qu'il puisse l'atteindre. Quand elle s'interposa, il posa sur elle un regard furieux.

— Sylvie, ce n'est pas le moment ! dit-il d'un ton bourru. J'ai des choses à faire.

Elle posa ses mains sur ses hanches.

— Pas avant qu'on ait parlé.

Il soupira, puis lâcha :

— D'accord. De quoi veux-tu parler ?

— De toi.

— Et que veux-tu dire à mon sujet ? demanda-t-il d'un ton froid et distant.

— Je veux savoir pourquoi tu agis différemment depuis que nous avons passé la nuit ensemble, comme si nous étions des étrangers l'un pour l'autre.

L'espace d'un éclair, une étrange émotion passa dans le regard d'Enzo, très vite remplacée par une expression d'indifférence.

— Je ne vois pas pourquoi tu dis cela…

Furieuse, elle serra les dents. Il n'allait pas lui faire ça. Rien n'était pire que le déni, se dit-elle en songeant à toutes les années où elle s'était battue pour assurer leur subsistance, à sa mère malade et à elle, ne reculant devant rien, et surtout pas devant le silence…

— Ne fais pas ça. Parle-moi, dit-elle, ravalant sa frustration. Je ne comprends pas ce qui a mal tourné. Je croyais que nous étions d'accord tous les deux, cette nuit-là. Non ?

Il continua de la fixer sans rien dire. S'il croyait qu'elle allait abandonner, il se trompait !

Tout à coup, il laissa échapper un long soupir. Ses épaules s'affaissèrent, comme s'il se sentait libéré d'un poids.

— Je ne sais pas ce que tu attends de moi.

— La vérité ! Pourquoi m'évites-tu ?

De nouveau, le silence s'installa, si long qu'elle crut qu'il ne lui répondrait jamais, ne lui dirait jamais ce qu'elle avait fait de mal.

— Pourquoi ne m'as-tu rien dit ? lança-t-il d'un ton accusateur.

Elle le regarda d'un air stupéfait.

— Te dire quoi ?

— Que tu étais… Tu sais bien !

— Non, je ne sais pas. Dis-moi.

Les sourcils froncés, il articula enfin :

— Que tu étais vierge.

Elle ouvrit la bouche pour répondre, mais aucun son n'en sortit, tandis qu'une foule de pensées assaillaient son esprit.

Il lui en voulait de ne pas avoir fait grand cas de sa virginité ? Sérieusement ? Comment pouvait-il être fâché à cause de ça ?

Enzo continuait de la fixer comme s'il s'attendait vraiment à ce qu'elle lui réponde. Or elle ne savait pas quel genre de réponse il attendait, ni pourquoi elle devait s'expliquer.

— Je… J'ignorais qu'il fallait déclarer sa virginité avant de faire l'amour. Cela aurait-il vraiment changé quoi que ce soit ?

— Bien sûr que oui ! rétorqua-t-il en passant nerveusement la main dans ses cheveux noirs et courts.

Quand leurs regards se rencontrèrent, cette fois-ci, elle y vit une intensité qu'elle n'avait jamais vue auparavant.

— Comment peux-tu penser autrement ?

— Parce que je n'y pensais pas moi-même, quand nous étions devant la tour Eiffel. Je ne pensais qu'à toi.

Une chaleur intense envahit son visage lorsqu'elle comprit qu'elle en avait trop dit.

— Ne pensais-tu pas que je méritais de savoir ?

— Non.

Était-ce égoïste de sa part ? Elle ne le croyait pas. Ce n'était pas comme si tout cela l'avait vraiment affecté. Non, il devait y avoir autre chose, quelque chose qu'il lui taisait.

De nouveau, il soupira, et les traits de son beau visage se détendirent. Tourné vers les vignes, il posa les avant-bras sur le garde-fou.

— Je suis désolé, dit-il. Je n'aurais pas dû dire cela. C'est juste que… j'ai beaucoup de choses en tête.

Elle aurait voulu lui demander s'il regrettait cette nuit, mais elle se retint – de justesse. Au moins, elle avait réussi à entamer un dialogue, et voulait qu'il continue de lui parler.

— C'est au sujet de tes sœurs ? risqua-t-elle.

Depuis qu'elle était venue vivre et travailler à la propriété des Bartolini, elle savait à quel point la mort soudaine de ses parents avait non seulement bouleversé la vie d'Enzo, mais aussi provoqué un tsunami au sein du clan – ou plutôt, de la fratrie – Bartolini.

— Oui. Non. Euh… Pas vraiment, répondit-il.

Elle perçut de l'angoisse, dans sa voix. Ce qui le préoccupait était très, très profond.

Elle s'appuya à la balustrade, près de lui. Devant eux, les collines s'étendaient à l'infini, mais pour l'instant elle était entièrement concentrée sur Enzo.

Elle posa une main sur son bras.

— Tu sais que tu peux me parler de n'importe quoi, n'est-ce pas ?

— Pas de ça…

Elle étouffa un soupir.

— C'est à propos de Paris ?

— Oui. Et non.

Elle se considérait comme quelqu'un de patient. Après

tout, pour être un bon organisateur de mariages, il fallait rester calme à tout moment, même quand la mariée était au bord de la crise de nerfs et accusait le monde entier. En ce moment, Sylvie aurait donné n'importe quoi pour avoir affaire à une mariée capricieuse plutôt qu'à un Enzo entêté.

Elle redressa les épaules, résolue à aller jusqu'au bout.

— Je n'ai pas envie de jouer aux devinettes avec toi, tu sais. Si tu es en colère parce que je suis vierge…

— Non, ce n'est pas ça. C'est le fait de ne pas avoir su qui me contrarie.

Il tourna vers elle un regard douloureux.

— Si j'avais su, j'aurais… Je me serais retenu.

— Pourquoi ? Tu as quelque chose contre les vierges ?

Il secoua la tête.

— Non. Bien sûr que non. Mais tu aurais dû partager ce moment avec quelqu'un qui compte pour toi, quelqu'un pour qui tu éprouves des sentiments.

— Oh…

Cette fois, c'est elle qui regarda au loin, les joues en feu.

# 2.

Il était en train de saboter cette conversation. Littéralement. Et pire que tout, il faisait du mal à Sylvie. Enzo gémit intérieurement. Elle avait un cœur d'or et méritait mieux que lui. Elle méritait un homme qui l'aime, qui la regarde comme si elle était la huitième merveille du monde.

C'est pour cela qu'il avait gardé ses distances, depuis qu'ils étaient rentrés de Paris. Avant leur départ déjà, il avait soupçonné Sylvie de nourrir des sentiments à son égard, puis elle l'avait embrassé devant la tour Eiffel. Pouvait-il prétendre qu'il n'avait pas pressenti ce qu'il s'était passé ? Bien sûr que non !

C'était aussi le moment qui correspondait à l'offre d'achat du vignoble Barto et de tout le domaine. Bien sûr, ce n'était pas la première fois que cela se produisait. Au fil des ans, son père avait eu de nombreuses demandes, qu'il avait toutes rejetées. Pour lui, cet endroit, cette terre, c'était son âme. Autant que de l'air qu'il respirait, il en avait besoin pour vivre.

Cependant, Enzo voyait maintenant le domaine d'un autre œil. C'était peut-être là que sa famille avait commencé, mais c'était aussi là qu'elle s'était désunie. Les secrets gardés entre ces murs de pierre pendant toutes ces années avaient agi comme un poison, tuant les siens à petit feu, sans même qu'ils s'en aperçoivent.

Aujourd'hui, une de ses sœurs vivait en Patazonie et deviendrait bientôt princesse. Et l'autre avait quitté la villa pour aller vivre sur une île de Méditerranée. Peut-être avaient-elles raison de vouloir s'éloigner le plus possible de cet endroit.

Peut-être était-il temps, pour lui aussi, de partir se forger une nouvelle vie quelque part, loin de la Toscane et de ses souvenirs.

C'est pourquoi il n'avait pas aussitôt rejeté l'offre d'achat du domaine. Mais il ne l'avait pas acceptée non plus. Il avait besoin de temps pour y réfléchir. C'était ce qu'il faisait depuis leur retour de Paris : il réfléchissait.

Et, enfin, il venait de prendre une décision. Cela n'avait pas été facile, mais maintenant qu'il était le seul propriétaire du domaine – ses deux sœurs ayant trouvé leur bonheur ailleurs –, cette décision n'appartenait qu'à lui.

Maintenant, il était temps de partager la nouvelle avec Sylvie. Conscient qu'elle ne l'apprécierait pas, il prit une profonde inspiration avant d'annoncer :

— Sylvie, il faut que je te dise quelque chose… J'ai accepté de vendre le domaine.

Son visage devint aussitôt très pâle, et même ses lèvres roses perdirent leur couleur.

— Tu as fait quoi ? demanda-t-elle d'une voix blanche.

La voyant chanceler, il se précipita vers elle et, instinctivement, l'attira à lui.

Elle posa les mains sur sa poitrine.

— Ça va. Lâche-moi.

Il la fit asseoir sur l'une des chaises de la terrasse.

— Je peux t'apporter quelque chose à boire ?

Elle secoua la tête.

— Cesse de t'agiter. Je vais bien.

— Non, ça ne va pas. Tu as failli t'évanouir. Tu es malade ?

— Je ne me suis pas évanouie ! Je n'ai pas pris de petit déjeuner ce matin et je suis allée courir.

— L'estomac vide ?

Pas étonnant qu'elle se soit sentie mal !

Elle haussa les épaules.

— Quand le domaine sera-t-il vendu ?

— Je ne sais pas pour le moment. Il faut encore régler certains détails, rien n'est définitif.

Sans rien dire, elle se leva et s'éloigna, ce qui ajouta encore à son malaise. Il avait cru qu'elle s'emporterait, qu'elle lui reprocherait d'avoir ruiné son entreprise. Tout, plutôt que ce silence… Mais il devait l'avoir mérité car, depuis Paris, il s'était lui-même réfugié dans son bureau, sans daigner lui adresser la parole, sauf pour l'essentiel.

L'annonce d'Enzo l'avait stupéfiée.

Le lendemain, Sylvie, assise à son bureau, dans la maison d'hôtes, n'avait pas l'impression d'avoir accompli quoi que ce soit, ce matin-là. Et pour cause : sa liste de tâches était vide.

Elle avait passé la plus grande partie de la journée précédente dans la maison d'hôtes du domaine, et elle avait l'intention de faire la même chose aujourd'hui. Elle avait beau tenter de se persuader que c'était pour y travailler, la vraie raison était qu'elle évitait Enzo.

La maison était calme et à l'écart. On l'utilisait comme salon d'habillage et espace de rangement lors des mariages organisés par Bianca, qui avait créé cette entreprise et l'avait confiée à Sylvie après son départ pour la Patazonie. C'était un job de rêve mais, comme tous les rêves, celui-ci touchait à sa fin.

De nouveau, elle sentit une étrange nausée s'emparer d'elle. Comment Enzo pouvait-il vendre le domaine, qu'il avait si âprement disputé à ses sœurs lors du règlement de la succession des Bartolini ? Avait-il soudainement changé d'avis ? Elle ne comprenait pas…

À l'idée de se retrouver bientôt sans logement, sans emploi, elle sentit les larmes lui monter aux yeux, mais elle les essuya bien vite d'un revers de la main.

Elle n'avait jamais été très émotive. Quand elle s'occupait de sa mère malade, elle avait dû se montrer forte en toutes circonstances. Ainsi avait-elle gardé son calme quand, après la mort de celle-ci, la banque avait saisi la petite maison dans laquelle elle avait grandi, et dont elle n'avait pas pu payer seule l'hypothèque.

Pendant un certain temps, elle n'avait rien possédé de plus que les vêtements qu'elle avait sur le dos. Cela avait été terrible, mais pas autant que de perdre sa mère et de se retrouver seule au monde – son père avait succombé à un horrible accident alors qu'elle n'était encore qu'un bébé.

Mais la situation d'Enzo était différente. Il avait non seulement un foyer, mais aussi une famille sur laquelle compter. Qu'il veuille ou non l'admettre, il était destiné à reprendre ce vignoble, qui faisait partie de lui comme le sang qui coulait dans ses veines. Pourquoi n'en avait-il pas conscience ?

Tout à coup, elle entendit la porte grincer.

— Sylvie, tu es là ?

— Dans le bureau.

Enzo entra. Sa haute taille et ses larges épaules semblaient remplir la pièce tout entière, la faisant paraître beaucoup plus petite qu'elle ne l'était en réalité. Il jeta un regard circulaire dans la pièce, comme s'il n'y était jamais venu auparavant, mais ne prononça pas un mot.

Lorsque le silence devint trop inconfortable, Sylvie demanda :

— Que puis-je faire pour toi ?

Il glissa les pouces dans les poches de son jean et baissa la tête.

— Je voulais te dire que j'étais désolé de la façon dont j'avais géré les choses, hier.

— Tu veux dire… quand tu m'as annoncé que j'avais perdu non seulement ma maison mais aussi mon entreprise ?

Il hocha la tête.

— Ne t'inquiète pas. Je vais t'aider.

— M'aider ?

Elle n'aimait pas ça. Elle n'avait nul besoin qu'on lui fasse la charité. Après la mort de sa mère, elle avait eu le plus grand mal à accepter l'aide des autres, et elle n'allait pas recommencer. Elle avait travaillé dur pour mettre de côté quelques économies, qui la dépanneraient jusqu'à ce qu'elle trouve un autre emploi.

Il releva la tête et leurs regards se croisèrent.

— Dis-moi juste où tu veux t'installer et je m'assurerai que tu aies un logement. Si tu veux, je peux t'aider à créer ta propre entreprise…

Elle le regarda d'un air ébahi.

— Pourquoi ? Pourquoi ferais-tu une chose pareille ? C'est si… si généreux.

Il se frotta la nuque.

— Parce que c'est par ma faute que tu te retrouves dans cette situation. Ça me semble être la moindre des choses.

— Alors tu fais ça par obligation ?

— En quelque sorte, oui.

Refusant qu'il la prenne en pitié, elle s'empressa de rétorquer :

— Ce ne sera pas nécessaire. Tu ne me dois rien…

— Bien sûr que si…

— Mais non !

Elle se redressa pour lui faire face.

— Je ne fais pas partie de ta famille et tu n'as aucune obligation à mon égard. Je… peux prendre soin de moi-même, tu sais.

Elle faillit mentionner les dernières années passées avec sa mère, mais elle décida de s'abstenir. Il y avait beaucoup de choses qu'elle n'avait pas encore partagées avec lui de crainte de l'effrayer.

— Je n'ai jamais prétendu le contraire, mais je me sens mal d'avoir à fermer l'entreprise après t'avoir fait venir exprès de Patazonie. Ce n'est pas juste.

— La vie n'est pas juste. J'ai appris ça, il y a longtemps.

Sa mère s'était battue avec trois emplois pour garder un toit au-dessus de leur tête, quand Sylvie était jeune. Elle était couturière, l'une des meilleures du pays, mais lorsque le secteur était entré en crise à cause du développement du prêt-à-porter sur Internet, elle avait dû travailler comme femme de ménage pour pouvoir joindre les deux bouts.

— Sylvie, de quoi parles-tu, exactement ?

Elle secoua la tête.

— Oh ! de rien…

Il la regarda pour tenter de lire la vérité dans ses yeux. Craignant qu'il n'en voie trop, elle tourna la tête. Il était temps de changer de sujet.

— Es-tu sûr que c'est ce que tu veux faire ?

— Quoi ? T'aider ? Bien sûr !

— Non. Vendre le domaine…

Cette fois, ce fut à Enzo de regarder ailleurs.

— J'en suis certain.

— Mais il y a quelques mois, tu étais déterminé à en découdre avec tes sœurs pour devenir propriétaire de la villa, du vignoble, de tout le domaine. Comment as-tu pu changer d'avis aussi rapidement ?

Il posa sur elle un regard sombre.

— Parce que ce domaine n'est plus ce qu'il était. Il a perdu tout son attrait, et mes sœurs et moi devons aller de l'avant. C'est mieux pour nous.

Elle ignorait qu'il nourrissait de tels sentiments concernant la maison de son enfance. Mais quelque chose lui dit que la vente de la propriété ne résoudrait pas ses conflits intimes, beaucoup plus profonds.

— Mais que vas-tu faire, alors ? demanda-t-elle. Où iras-tu ?

— Je ne sais pas. Peut-être en France. J'ai une invitation permanente pour aller travailler dans un vignoble prestigieux là-bas.

— Mais ce ne sera pas *ton* vignoble.

Elle avait vu sa fierté de vendanger et de vinifier les raisins du vignoble de Barto. Même si le domaine comptait de nombreux employés, Enzo s'assurait de participer à chacune des étapes importantes.

— Il n'y aura pas ton nom de famille sur les étiquettes.

— C'est peut-être mieux ainsi, dit-il d'un air songeur, après tout ce qui s'est passé ici cette année…

C'est à cet instant que Sylvie réalisa l'ampleur du défi qu'elle s'était fixé en décidant de rester ici malgré tout. Elle n'était pas une lâcheuse, mais une battante. C'était d'ailleurs l'une des dernières choses que sa mère lui avait dites.

« Ne renonce jamais à la vie. Continue à te battre pour ce qui compte le plus à tes yeux. »

Or en ce moment, c'était l'héritage d'Enzo qui était en jeu, ainsi que son entreprise. S'il se séparait de ces terres, il le regretterait autant qu'elle regretterait de ne pas s'être battue pour garder sa maison et son emploi.

— Il faut que je te laisse, déclara-t-il. Nous en reparlerons plus tard.

— Attends…, dit Sylvie dans une tentative désespérée de le retenir.

Lorsqu'il s'arrêta sur le seuil de la pièce et se tourna vers elle, elle ajouta en consultant son agenda :

— Il faut qu'on parle de la vente. J'ai besoin de savoir quels mariages auront lieu ici avant de songer à chercher un nouveau lieu.

Il fronça les sourcils.

— Je ne sais pas exactement. Rien n'est signé. L'acheteur prend l'avion dans deux semaines pour venir visiter.

— Il achète une propriété qu'il n'a jamais vue ?

Qui faisait ce genre de chose ?

— Il est venu ici pour un mariage, et il apprécie le vin depuis de nombreuses années. Il dit qu'il vieillit, maintenant, et qu'il est prêt à se retirer dans un endroit comme celui-ci.

— Mais… il faut gérer le vignoble ! Ce n'est pas un boulot de retraité.

Enzo haussa les épaules. Il travaillait du lever au coucher du soleil et avait toujours eu des journées bien remplies.

— Ce n'est pas mon problème.

— Peut-on regarder mon planning ? demanda-t-elle.

Enzo consulta sa montre.

— Pas maintenant. Je dois retrouver Vito. Nous avons des difficultés pour trouver une pièce de rechange pour un de nos tracteurs. Peut-être plus tard.

Il avait déjà un pied dehors quand elle lança :

— Que dirais-tu d'un dîner ?

Il marqua une nouvelle pause.

— Je ne serai pas libre avant le milieu de soirée.

— Pas de problème. Ça me donnera le temps de préparer quelque chose.

Elle ignorait quoi mais soudain, son appétit sembla revenir.

— D'accord. Pourquoi pas ?

— Parfait !

Une fois Enzo parti, Sylvie régla quelques affaires urgentes. Le reste pouvait attendre. Elle avait mieux à faire pour l'heure : sauver le domaine Barto. Il lui restait deux semaines pour convaincre Enzo que sa place était ici et nulle part ailleurs.

Mais comment réussir cette mission impossible ?

# 3.

Au lieu de s'améliorer, les choses empiraient.

Hélas, il n'y avait pas que le matériel cassé dans les chais.

Enzo s'était mal comporté avec Sylvie, alors qu'elle méritait au contraire tous les égards. Jusqu'à cette nuit inoubliable, à Paris, elle avait été l'une de ses amies les plus proches et les plus fidèles.

Avant, il trouvait toujours du temps pour elle, même s'il se démenait pour commercialiser son vin auprès de nouveaux clients étrangers. Le sourire de Sylvie était communicatif et illuminait ses jours les plus sombres. Leurs rendez-vous étaient les meilleurs moments de sa journée. Puis il était parti et avait tout gâché…

Pourquoi n'avait-il pas agi en gentleman en s'éclipsant après leur premier baiser ? Parce qu'il en avait été incapable, voilà tout. Jamais encore il ne s'était senti aussi attiré par une femme. Et cette nuit-là à Paris… avait été incroyable. Il y pensait encore quand, seul dans son lit, il luttait pour trouver le sommeil, comme c'était souvent le cas ces derniers jours.

La question était de savoir comment faire pour recoller les morceaux avec Sylvie. Leur amitié lui manquait, mais chaque fois qu'il était près d'elle, il ne trouvait pas les mots pour exprimer ce qu'il ressentait.

Il vérifia l'heure : presque 20 heures. Comment était-ce possible ? Il ferait mieux d'aller la retrouver avant qu'elle s'imagine qu'il avait oublié le dîner. La dernière chose dont il avait besoin était d'aggraver les choses entre eux. Leurs relations étaient déjà assez tendues comme cela !

Il se rendit donc à la maison d'hôtes où Sylvie vivait et travaillait désormais. Il pouvait encore arranger les choses. Il n'abandonnerait pas tant qu'elle n'aurait pas entendu raison !

Comme il traversait la grande cour du domaine, ses pensées se tournèrent vers l'ancienne pensionnaire. Sa plus jeune sœur, Gia, était restée ici après la mort de leurs parents, mais pas longtemps. Elle avait hâte de quitter la villa, d'abord pour retrouver son père biologique, qui s'était avéré être un sale type, et, ensuite pour s'installer définitivement sur l'île de Lapri, avec un homme qu'elle connaissait à peine. Mais qui était-il pour la juger ?

Il avait cru tout ce que ses parents leur avaient raconté sans poser de questions. Et quand quelque chose menaçait de casser son illusion de la famille parfaite, il le refoulait au plus profond de son esprit. Il avait laissé tomber ses sœurs. Et il avait échoué lui-même.

Enzo tapa du poing sur le battant et attendit. Comme Sylvie ne répondait pas, il frappa plus fort. Toujours rien. Il alla jeter un œil par la fenêtre : personne. L'entrée était sombre. Elle devait être dans la cuisine, à l'arrière, et ne l'avait pas entendu.

Il alla tambouriner à la porte arrière. Toujours pas de réponse. Que se passait-il ? Il était pourtant certain qu'elle l'avait invité à dîner, ce soir. Était-il possible qu'il se soit trompé, et qu'elle soit allée préparer un repas à la villa ?

Sa fierté lui interdisait d'envoyer un SMS, car il ne voulait pas qu'elle sache à quel point il était distrait. Non, il allait entrer dans la maison principale et prétendre que c'était là qu'il avait l'intention d'aller depuis le début…

Dès qu'il eut poussé la porte de la villa, il se dirigea vers la grande cuisine et alluma. Un délicieux fumet de sauce tomate au basilic lui chatouilla les narines, et il aperçut des casseroles sur le feu. Il était sur la bonne piste !

Comme il faisait un peu froid, ce soir-là, Sylvie n'avait pas pu prévoir de dîner en terrasse. Peut-être avait-elle décidé d'utiliser la salle à manger pour étaler sur la longue table les papiers qu'elle voulait lui montrer ?

Il se hâta vers la salle à manger, dont la porte était ouverte. Une unique bougie l'éclairait. Il plissa les yeux dans l'obscurité.

— Sylvie ?

Soudain, toutes les lampes s'allumèrent, et il fut aveuglé.

— Surprise !

Ce n'était pas seulement la voix de Sylvie, et il découvrit tous les employés du vignoble, ainsi que des amis et voisins venus en nombre.

Comme il croisait le regard de Sylvie, il serra les dents. Il ne voulait pas fêter son anniversaire, et elle aurait dû s'en douter. Mais tout le monde le regardait en souriant, les yeux pleins d'espoir. Il était certain qu'ils avaient tous mieux à faire, mais ils avaient pris le temps de venir ici pour lui rendre hommage. Ils ne savaient pas que cette année, il n'avait pas le cœur à faire la fête.

Pourtant, il plaqua un sourire sur ses lèvres. Beaucoup de ces personnes travaillaient pour sa famille depuis des décennies. Il leur devait plus qu'une fausse joie, mais en cet instant, c'était tout ce qu'il pouvait leur donner.

Il fut vite pris dans le tourbillon du moment. Les gens lui serraient la main, lui tapaient dans le dos en lui présentant leurs vœux. Ce qu'ils ignoraient encore, c'est que cette rencontre serait la dernière. Les ouvriers viticoles allaient perdre leur emploi dans un avenir proche, lorsque le nouveau propriétaire prendrait la relève.

Jusqu'à ce jour, Enzo avait toujours refusé de reconnaître cette douloureuse évidence, certain que s'il le faisait, il risquait de renoncer à vendre. Mais pour faire quoi ? Pour rester ici ?

Il remarqua que ses sœurs n'étaient pas présentes, ce soir. Il ne s'attendait pas à ce qu'elles laissent tomber toutes leurs activités pour venir fêter son trente-deuxième anniversaire, mais elles n'oubliaient jamais de lui envoyer une carte. Jusqu'à aujourd'hui.

— Super fête, hein ?

— Oui…

À côté de lui se tenait son bras droit, Vito, qui avait aussi été le second de son père. Ces deux-là avaient grandi ensemble, et Vito serait bientôt grand-père. C'était un homme avenant, plein d'énergie, et qui avait toujours le sourire.

— C'est dommage que vos parents ne soient pas là pour partager cela avec vous, déclara-t-il. Cela leur aurait fait plaisir.

Enzo sentit sa gorge se nouer. Il ne voulait pas parler de ses parents. Pas en ce moment.

— Vous avez mangé quelque chose ? demanda Enzo.

— Pas encore, mais j'ai bien l'intention de faire honneur au buffet. Je voulais juste vous souhaiter un bon anniversaire…

Il lui tendit la main, puis le serra brièvement contre lui avant de s'éloigner.

Le fait que Sylvie se soit donné tant de mal pour lui aurait dû le toucher profondément. C'était le cas, mais un autre sentiment le tenaillait, plus fort que la gratitude : la culpabilité.

Il ne le méritait pas ses efforts mais, alors qu'il se dirigeait à son tour vers le buffet, il se promit de tout faire pour réparer ses erreurs, à l'avenir.

Il y avait de la viande et du fromage, de belles salades de pâtes, des crudités, et assez de nourriture pour toute une armée. Mais, même si tout cela avait l'air délicieux, il n'avait pas d'appétit.

— Où est ton assiette ? demanda Sylvie, qui venait d'apparaître près de lui.

— Je… n'ai pas encore mangé.

Il espérait qu'elle abandonnerait le sujet, mais il la connaissait assez bien pour savoir qu'elle insisterait jusqu'à ce qu'il prenne quelque chose.

— Moi non plus. Alors, allons nous servir avant qu'il n'y ait plus rien !

Elle le força à remplir son assiette jusqu'à ce qu'il n'y ait plus de place.

— Comment suis-je censé manger tout ça ? demanda-t-il en souriant malgré lui.

— Tu as travaillé dur toute la journée. Et ce sont tes plats préférés. Je suis sûre que tu vas y arriver.

C'est alors qu'il regarda son assiette. Elle avait raison. Il adorait tous ces plats.

— C'est toi qui as fait ça, n'est-ce pas ?

Elle haussa les épaules.

— Peut-être… Et j'ai envoyé un texto à Bianca, aussi.

Il sourit… Son premier vrai sourire de la journée.

— Je ne sais pas trop ce que je ressens à l'idée que toi et ma sœur soyez de si bonnes amies.

— As-tu peur qu'elle me dévoile tous tes secrets ?

Si elle savait à quel point elle avait vu juste !

— Je ne sais pas de quoi tu parles.

Le sourire s'effaça de son visage.

— Tout le monde a des secrets, non ?

Il refusait d'avoir cette conversation. Totalement.

— Allons nous asseoir…

Alors qu'ils s'installaient, il repensa aux mots de Sylvie. Parlait-elle des secrets de sa famille ou du sien ? Même s'il était prêt à parier qu'elle ne le connaissait pas, cette remarque avait piqué sa curiosité.

— Dirais-tu de toi que tu es une femme pleine de mystère ?

Elle le regarda d'un air étonné.

— Cela te plairait ?

Il pinça les lèvres. Il ignorait tant de choses à son sujet qu'il était incapable de répondre. Mais il voulait tout savoir d'elle…

Mieux valait botter en touche.

— Ce qui me plairait, c'est de finir cette assiette pour pouvoir couper le beau gâteau à étages avec mon nom écrit dessus !

Sylvie sourit.

— Il est beau, n'est-ce pas ?

— Dis-moi, comment as-tu réussi à faire travailler le pâtissier aussi vite ? À moins que cette fête ait été prévue depuis longtemps ?

— Oh non ! En fait, je n'ai compris qu'hier que c'était ton anniversaire, en voyant une note sur mon agenda. Comme je n'avais pas le temps de commander un gâteau, je l'ai fait.

— Tu m'as préparé toi-même un gâteau d'anniversaire ?

Elle haussa les épaules.

— Oui.

Ce geste le touchait plus profondément qu'il ne l'aurait souhaité. Il se pencha vers elle, furieusement tenté de poser les lèvres sur les siennes… Mais il se contenta d'un baiser sur la joue pour ne pas ajouter à la confusion du moment.

— Merci du fond du cœur, Sylvie.

— Je t'en prie, murmura-t-elle en rougissant, avant de s'éclipser pour aller saluer les derniers arrivants.

— Elle est merveilleuse, n'est-ce pas ?

Enzo leva les yeux et découvrit Vito, qui lui souriait.

— Pardon ?

— Sylvie a fait tout ça pour vous. Vous avez de la chance de l'avoir dans votre vie.

— Ce n'est pas ce que vous croyez !

Il avait protesté avec plus de force qu'il n'aurait dû, et il vit se dresser les sourcils broussailleux de Vito.

— Ah bon ? Je croyais que vous étiez ensemble.

Enzo secoua fermement la tête.

— Nous sommes juste amis…

Puis, soucieux de couper court à cette conversation, il bredouilla une vague excuse et s'éloigna.

Pendant toute la soirée, il ne cessa pas de penser à ce que Vito avait dit. Une partie de lui souhaitait qu'il ait raison, comprit-il. Hélas, il n'avait absolument rien à offrir à Sylvie.

Sa vie était en plein bouleversement. Il ne savait même pas où il allait vivre une fois le domaine vendu. Et puis, il ne méritait pas quelqu'un comme Sylvie. Il ne voulait surtout pas la laisser tomber comme il avait laissé tomber ses sœurs.

# 4.

La journée s'annonçait radieuse.

Enzo avait bien dormi pour la première fois depuis une éternité. Il tenta de se convaincre que c'était parce qu'il était épuisé, mais il savait que c'était grâce à Sylvie.

Elle était tellement adorable ! Elle s'était assurée d'inviter à sa fête surprise tous ceux qui travaillaient dans le vignoble, ainsi que les voisins. C'était si attentionné, si gentil de sa part.

L'homme qui l'épouserait aurait beaucoup de chance. Elle ferait une épouse aimante, et une mère merveilleuse. La vision d'elle tenant un bébé dans ses bras s'imposa soudain à son esprit. Le bébé serait une petite fille qui sourirait toujours, portrait craché de sa mère.

Puis l'image se transforma lorsqu'il s'imagina Sylvie avec un homme. Il s'approchait d'elle, glissait un bras autour de sa taille pour l'attirer doucement à lui, tandis qu'elle le regardait avec amour…

Enzo se figea, et son sourire fit place à un froncement de sourcils, signe qu'il était contrarié. Il n'avait aucun droit sur Sylvie. Ils avaient passé une seule nuit ensemble – une nuit magique – mais elle était terminée. Il voulait qu'elle soit heureuse… mais pas avec quelqu'un d'autre. C'était à n'y rien comprendre.

— Bonjour ! lança soudain Sylvie en lui souriant.

C'était une impression ou elle avait l'air un peu pâle ? C'était sans doute la fête d'hier soir. Elle avait remporté un grand succès, mais lui avait également demandé beaucoup de travail et d'énergie. La nuit avait été courte, et il s'en voulut soudain de ne pas avoir mis fin à la fête plus tôt. Mais après avoir dégusté l'incroyable gâteau que Sylvie avait préparé, il avait eu un regain d'énergie et, se frayant un chemin dans la foule, il avait dit un mot à chacune des personnes qui avaient pris le temps de venir malgré un emploi du temps chargé.

Et il avait reçu des cadeaux, de nombreux cadeaux ! se rappela-t-il avec un sourire ému. Des livres, du vin, une tenture murale et bien d'autres bonnes et belles choses encore. Et tout cela, c'était grâce à Sylvie.

Il se dirigea vers elle et lui tira une chaise.

— Tiens. Assieds-toi.

Comme elle le regardait avec surprise, il ajouta :

— Tu dois être fatiguée après tout ce que tu as fait hier.

— Pas trop. Mais je t'avoue que je n'ai pas eu de mal à m'endormir.

— J'imagine ! Tu t'es vraiment surpassée. Merci beaucoup pour cette belle fête. Personne ne m'avait jamais organisé une fête surprise.

Un sourire illumina son visage quand elle répondit :

— De rien. Mais il n'y avait pas que moi. Tout le monde a participé et a aidé, tu sais.

— Mais c'était ton idée et ce gâteau était délicieux ! Je voulais en prendre au petit déjeuner, mais je n'ai pas réussi à trouver l'endroit où tu l'avais caché.

— Je ne l'ai pas caché. Je suis désolée. Tout est parti.

— Cela ne m'étonne pas.

— Je peux t'en faire un autre, si tu veux, dit-elle avec le plus grand sérieux.

— Je ne veux pas que tu te donnes tant de mal. Laisse-moi t'offrir un café…

— Non, merci, je… J'en prendrai un plus tard.

— Plus tard ? Depuis quand ne bois-tu plus de café au réveil ?

Elle haussa les épaules.

— Je crois que j'en ai déjà trop bu, alors je fais une pause.

Comme son téléphone vibrait dans sa poche, il laissa échapper un soupir. Il ne voulait pas être interrompu maintenant. Il voulait s'assurer que Sylvie allait bien. Mais quand il vit l'identité de son interlocuteur, il décrocha.

— Joyeux anniversaire ! dirent Bianca et Gia en chœur.

— Merci ! Vous avez prévu de m'appeler toutes les deux en même temps ?

— Oui, dit Bianca. On regrette d'avoir manqué ton anniversaire.

— Oh ! Ce n'est pas grave…

Ce n'était pas le cas, mais sa fierté l'empêchait de l'avouer.

— Nous avions prévu quelque chose de spécial pour toi, reprit Bianca d'un air mystérieux.

— Ce n'était vraiment pas la peine. J'ai été très gâté, vous savez.

— Bien sûr que si ! Maman aurait été heureuse que nous soyons réunis à cette occasion, dit Gia.

Le silence se fit sur la ligne. Tous trois pensaient à leurs parents, qui leur manquaient cruellement. Mais au moins, ses sœurs avaient la force d'aller de l'avant. Il devait le faire aussi, et fuir tous ces souvenirs.

— En fait, Sylvie avait organisé une grande fête surprise…

Ses deux sœurs commencèrent à l'assaillir de questions, voulant savoir qui était présent et ce qui s'était passé pendant la soirée. Mais la dernière question le prit au dépourvu : avait-il une relation avec Sylvie ?

Il aurait voulu répondre « non », mais il hésita. Pourquoi donc ? Depuis Paris, il ne s'était rien passé entre eux.

— Enzo, tu es toujours là ? demanda Bianca.

— Il ne veut pas que nous sachions ce que nous soupçonnons depuis le début, lança Gia d'un ton enjoué : Il est follement amoureux de Sylvie !

— Arrête ! dit-il, d'un ton plus brusque qu'il l'aurait voulu.

Il n'avait nul besoin que ses sœurs se liguent contre lui en ce moment – et certainement pas contre Sylvie.

— Tiens tiens…, dit Gia. On dirait qu'on a touché un point sensible !

— Laisse tomber, ça vaut mieux, lui souffla Bianca.

Il avait besoin de parler d'autre chose. Et il y avait un sujet tout trouvé : la vente du domaine. Il avait repoussé le moment d'en parler à ses sœurs, craignant leur réaction. La dernière chose qu'il voulait faire était de leur causer encore plus de peine. Elles étaient passées à autre chose en quittant la villa, mais approuveraient-elles sa décision ?

Enzo déglutit avec peine.

— Je dois vous dire quelque chose à toutes les deux.

— Je sais ! s'écria Bianca. Vous allez vous marier !

— Quoi ? Mais non. D'où sors-tu ça, toi ?

— Eh bien, dit Gia, tu te fais vieux…

Il sourit. Rien n'avait changé. Ses sœurs se comportaient encore comme avant que l'accident de voiture vienne bouleverser leur vie d'une manière qu'ils n'auraient jamais pu imaginer.

— Non, je ne vais pas me marier, répondit-il, mais j'ai quelque chose de très sérieux à vous dire.

Un silence de mauvais augure s'installa.

— Es-tu… Es-tu malade ? demanda Gia.

— Non, c'est moins grave que ça, dit-il. Je vends le domaine.

— Quoi ? s'écrièrent ses sœurs en chœur.

Il leur accorda un moment pour surmonter le choc, puis il s'éclaircit la gorge.

— Quand j'étais à Paris, on m'a fait une offre que je n'ai pas pu refuser.

— Mais… Tu as tout fait pour hériter du domaine…, murmura Gia sans comprendre.

— Nous avons pensé que tu le voulais, renchérit Bianca. Et le vignoble ?

— Et la villa ?

— Eh bien… Comme vous avez tous les deux déménagé loin d'ici, je ne pensais pas que vous vous soucieriez de ce qu'il adviendrait de la propriété.

— Tu te trompais, affirma Gia.

— Mais nous nous soucions plus encore de toi, intervint Bianca.

— Bianca, je n'arrive pas à croire que tu veuilles te séparer de la maison de notre enfance…

De nouveau, un silence tendu se fit sur la ligne, puis Bianca répondit à sa sœur :

— Ce que je veux, ce que tu veux, en l'occurrence, n'a pas d'importance. Nous avons choisi nos vies et il est temps de laisser notre frère faire ce qui est bon pour lui.

Il fallait qu'il dise quelque chose, n'importe quoi. Il aimait ses sœurs et ne voulait rien faire qui puisse leur déplaire. Comprendraient-elles qu'il ne pouvait pas rester ici, dans cet endroit qui lui rappelait l'échec qu'était sa vie ?

— Bianca a raison, reprit Gia. Tu as toujours été là pour nous. Nous te soutiendrons quelle que soit ta décision. Mais es-tu vraiment sûr de vouloir faire ça ?

Cette fois, il n'y eut pas d'hésitation.

— Je suis sûr.

— Mais où vas-tu aller ?

— Et que feras-tu ?

Ses sœurs lui posèrent une foule de questions, et il en fut heureux. Après tout, elles avaient très bien pris la nouvelle, et s'il pouvait les rassurer, il le ferait volontiers.

Une heure plus tard, il raccrocha. Il était épuisé, mais avant de regagner les vignes, il devait dire quelque chose à Sylvie. Il la trouva dans la cuisine, en train de finir un verre de jus de fruits fraîchement pressé et un petit pain avec du beurre et de la confiture. Il fut soulagé de voir la couleur de ses joues et de constater qu'elle avait de l'appétit.

— Désolé, s'excusa-t-il, c'était mes sœurs.

— Pas de problème.

Elle alla mettre son assiette et son verre dans l'évier, puis ajouta :

— Je dois aller écrire quelques mails au sujet d'un mariage prévu ce week-end.

— Ah, bien sûr. Je retourne travailler, moi aussi.

— On se parlera plus tard, alors.

Sur ces mots, elle disparut, le laissant seul avec ses pensées.

# 5.

Qu'avaient donc dit les sœurs d'Enzo ?

Sylvie mourait d'envie de savoir s'il leur avait parlé de la vente du domaine, mais elle ne le questionna pas. Ce n'était pas son affaire. Pourtant, elle ne pouvait s'empêcher de se demander si Gia et Bianca pensaient, comme elle, que c'était une erreur.

Mais, même si Bianca était une bonne amie, c'était un combat qu'elle allait devoir mener seule.

Et le fait qu'Enzo la surprenne davantage chaque jour ne l'aidait guère. Comme la veille, à la fête, par exemple… Au début, il n'était pas très enthousiaste. En fait, elle n'était même pas sûre qu'il resterait, mais peu à peu, il avait commencé à parler aux invités, à manger et à boire, si bien qu'à la fin de la soirée, il s'amusait beaucoup. Qui l'aurait cru ?

La première partie de son plan avait donc été un succès ; il ne lui restait plus qu'à continuer, à trouver des moyens de faire comprendre à Enzo que cet endroit était important pour lui.

Ils venaient de terminer le dîner, qu'ils avaient partagé puisqu'ils étaient les deux seuls à rester au domaine, et s'étaient mis d'accord pour se partager les tâches.

Sylvie faisait la vaisselle et Enzo rangeait lorsqu'on sonna à la porte. Tous deux échangèrent un regard interrogateur.

Sylvie parla la première :

— Je n'attends personne.

— Moi non plus…

Enzo posa son torchon et se dirigea vers la porte. Ils n'avaient pas beaucoup de visiteurs au domaine, maintenant que l'hôtel était fermé. Mue par la curiosité, elle le suivit… et écarquilla les yeux sous l'effet de la surprise.

Un clown se tenait sur le pas de la porte. Un vrai clown, avec des cheveux rouges et frisés qui dépassaient de son petit chapeau noir, tenant à la main des rubans où étaient attachés une bonne douzaine de ballons de baudruche. Son visage était peint en blanc et ses yeux, soulignés de noir.

Sylvie lui sourit. Que diable venait-il faire ici ?

Sans préambule, il entonna une chanson d'anniversaire, qu'il acheva par une cabriole. Sylvie éclata de rire, mais elle n'aurait su dire si c'était à cause de la prestation de ce visiteur inattendu ou de l'expression ahurie d'Enzo, qui s'était tourné vers elle en fronçant les sourcils. Son air renfrogné la fit rire plus fort encore.

Comme le clown faisait une révérence, elle l'applaudit. Enzo, quant à lui, était raide comme un piquet.

— C'était ton idée ? demanda-t-il.

Elle leva les mains en secouant la tête.

— Je n'ai absolument rien à voir avec ça. Je suis innocente. Je le jure !

Alors, il comprit, et elle vit son regard scintiller.

— Mes sœurs…

— Je crois bien, oui…, acquiesça Sylvie avec un sourire.

Elle avait toujours désiré faire partie d'une grande famille. Elle aurait voulu avoir au moins une sœur, quelqu'un à qui se confier et avec qui se peindre les ongles. Quelqu'un avec qui grandir, et partager les bons et les mauvais moments.

Au lieu de cela, il n'y avait qu'elle et sa mère. Dieu merci, elles avaient de bons amis et voisins ! Mais ce n'était pas tout à fait la même chose que d'avoir des frères et des sœurs à elle, sans parler d'un père, songea-t-elle alors qu'une vague tristesse l'envahissait.

En observant Enzo et ses sœurs, elle n'avait pu s'empêcher

d'envier leur complicité, leur relation privilégiée. Elle aurait donné n'importe quoi pour connaître cela.

Soudain, le clown tendit à Enzo une boîte blanche.

— C'est pour toi ! Bon anniversaire ! lança-t-il avant de s'éclipser.

Comme Enzo ne faisait pas mine d'ouvrir son cadeau, elle lui lança :

— Alors, qu'est-ce qu'il y a dans la boîte ?

Comme il soulevait le couvercle, elle s'approcha de lui et découvrit un magnifique gâteau blanc décoré de fleurs violettes en pâte d'amande, et de feuilles de vigne en sucre doré qui s'enroulaient autour comme une couronne.

Sylvia se demandait si ses sœurs avaient choisi les décorations intentionnellement. Bien sûr, il n'y avait ni raisins ni tonneaux, mais la palette de couleurs évoquait celle de la vigne, et elle se demanda si Bianca et Gia avaient voulu envoyer un message à leur frère. Lui suggéraient-elles de garder le domaine ?

Sylvie se tourna vers Enzo. Il s'était radouci, et elle remarqua même un sourire au coin de ses lèvres lorsqu'il aperçut la bande de massepain avec ces mots tracés au chocolat : *Pour le meilleur frère du monde.*

— C'est si gentil ! murmura-t-elle, attendrie.

— Mais tellement faux…, acheva-t-il en fermant brusquement la boîte.

Elle le regarda sans comprendre.

— Pourquoi dis-tu cela ?

Il secoua la tête.

— Si j'étais vraiment le meilleur frère du monde, je n'aurais pas laissé tomber mes sœurs au moment où elles avaient le plus besoin de moi ! lança-t-il avant de tourner les talons.

Surprise par cette réaction, Sylvie resta silencieuse. Elle avait l'impression qu'Enzo était beaucoup trop dur avec lui-même. Bien sûr, il vendait le domaine, mais ça ne faisait pas de lui un mauvais frère. Elle devait l'aider à comprendre cela si elle voulait qu'il change d'avis sur la vente de la propriété.

Pourquoi tout le monde faisait-il tant d'histoires ?

Enzo alla poser la boîte sur le comptoir de la cuisine. Ses sœurs savaient qu'il n'aimait pas qu'on en fasse trop pour son anniversaire. Une carte suffisait amplement, et un clown à domicile, c'était trop ! Elles devaient se sentir vraiment coupables d'avoir oublié cet événement !

Honnêtement, il ne pouvait pas leur en vouloir. Elles avaient une nouvelle vie, passionnante, mouvementée… Dès qu'il aurait conclu la vente, ce serait le cas pour lui aussi.

— Ça te dérange si je coupe le gâteau ? demanda Sylvie, interrompant le fil de ses pensées.

— Tu veux le goûter ?

— C'est la raison d'être d'un gâteau, n'est-ce pas ? Qu'on le mange.

— Euh, oui. D'accord…

La vérité était qu'il redoutait leur prochaine conversation. Il savait à quel point Sylvie aimait son travail, un travail qu'elle allait devoir abandonner maintenant qu'il avait trouvé un acheteur…

Il croyait qu'elle lui en voudrait d'avoir décidé de vendre, mais au lieu de cela, elle lui avait organisé une fête d'anniversaire peu après l'annonce. Pourquoi ? Doutait-elle de son sérieux ?

Ce soir, il devait s'assurer qu'elle comprenait que cette vente était une certitude, et proposer une date officielle pour la liquidation de l'entreprise d'organisation de mariages. L'acheteur ne serait pas enclin à ouvrir une partie du domaine à des étrangers, que ce soit pour visiter la cave ou pour organiser des événements festifs.

Enzo était mal à l'aise. Il ne voulait pas faire de mal à Sylvie, et ne songeait qu'à se racheter. Il ne savait pas encore comment, mais il trouverait un moyen.

— Nous pourrions aller déguster ce gâteau dehors, non ?

proposa-t-elle soudain en lui tendant une assiette. C'est une belle soirée.

Il accepta son offre et la suivit jusqu'à la terrasse, l'un de ses endroits préférés dans la maison. Spacieuse, elle donnait sur les vignes, et il se sentait toujours heureux en admirant ce merveilleux décor.

Mais pour l'instant, son attention était entièrement tournée vers Sylvie, qui se dirigea vers la balustrade avant de se tourner vers lui. Avec le soleil couchant qui éclaboussait le ciel d'orange, de rose et de pourpre, c'est comme si elle venait d'entrer dans un tableau. Un tableau dont la beauté l'ensorcelait…

L'espace d'un instant, il imagina ce qu'ils auraient pu ressentir s'ils avaient continué leur aventure après leur retour de Paris. Auraient-ils enchaîné les soirées romantiques comme celle-ci, suivies de nuits torrides et sans sommeil ? Ou bien leur flamme se serait-elle déjà éteinte ? Si c'était le cas, ils ne seraient probablement pas là, à partager un gâteau…

Il songea qu'il avait bien fait d'étouffer dans l'œuf leur romance. Pourtant, en regardant Sylvie, dont une brise légère soulevait les cheveux de soie, il avait l'impression d'avoir fait la plus grosse erreur de sa vie.

— Tu ne veux pas t'asseoir ? demanda-t-elle.

— Non. Je dois vérifier une nouvelle vanne que nous avons installée à la cave ce matin. Et si je m'assois maintenant, je n'aurai plus envie de bouger.

— Je comprends. Cela m'arrive, parfois.

Ils dégustèrent leur dessert en silence. Il était si délicat qu'il fondait sur la langue. Le glaçage au mascarpone était léger comme une caresse, et la garniture, délicieusement parfumée.

— Il faut que je te laisse, dit-elle une fois la dernière bouchée avalée. Je dois revoir ma liste de choses à faire pour le mariage de ce week-end.

— Attends… J'ai besoin de te parler, murmura-t-il, visiblement nerveux.

Il se passa la main dans les cheveux avant de poursuivre.

— Je voulais m'excuser auprès de toi pour Paris.

— Nous en avons déjà parlé. Je n'ai vraiment pas envie de recommencer.

— Je sais. Je suis désolé. Ce que je voudrais te dire, c'est que je ne veux pas que ça gâche notre amitié.

— Ce n'est pas le cas, lui dit-elle avec un sourire rassurant. Toi et moi, nous serons toujours amis.

Il s'avança vers elle.

— Tu le penses vraiment ?

— Oui.

— Merci.

— Pour quoi ?

— Pour m'avoir donné une seconde chance…

Lorsqu'il leva les yeux vers elle, il remarqua l'étincelle qui brillait dans ses yeux, et sentit son désir s'éveiller. S'il l'embrassait, comment réagirait-elle ? Était-il possible qu'elle ne regrette pas la nuit qu'ils avaient passée ensemble, comme il l'imaginait ?

Il chassa ces pensées déplacées d'un vague geste de la main, puis marmonna :

— Il faut que j'y aille… On se voit plus tard, d'accord ?

Avant qu'elle puisse dire quoi que ce soit, il avait disparu.

# 6.

Avait-elle rêvé, ou Enzo avait-il failli l'embrasser ?

Deux jours plus tard, Sylvie pensait encore à cet instant, sur la terrasse. En fait, Enzo occupait la plupart de ses pensées. Or elle n'avait pas de temps pour cela, car elle devait mettre au plus vite la touche finale à ce mariage qui aurait lieu dans les jardins.

Pourtant, elle ne pouvait pas chasser de sa mémoire le regard qu'Enzo avait posé sur elle – un regard plein de désir, qui avait fait battre son cœur plus vite…

Parfois, elle avait l'impression qu'il pouvait lire en elle, deviner ce qui la faisait vibrer. Elle sentait qu'elle s'était trompée en pensant avoir vaincu l'attirance qu'elle éprouvait pour lui… Que faire, désormais ?

Dans ses rêveries, Enzo et elle ne dépassaient jamais le stade du baiser, et elle avait du mal à s'imaginer les étapes suivantes, censées marquer le début d'une véritable relation amoureuse…

La vérité, c'est que les relations ne duraient pas. Elle avait pu le constater à maintes reprises, aussi préférait-elle se contenter de rapports superficiels avec les hommes.

Elle n'était pas prête à risquer son cœur, et l'idée de se laisser aller à des sentiments profonds envers Enzo, puis de le perdre, la mettait au supplice. Heureusement, cela n'arriverait pas, car il n'y avait rien entre eux, rien de plus qu'une simple amitié.

Enfin… Ce n'était peut-être pas tout à fait vrai. Enzo s'était confié à elle et elle à lui, mais depuis cette fameuse nuit, à Paris, il y avait comme un mur, entre eux. Un mur derrière lequel chacun se cachait, mais qu'elle devrait abattre si elle voulait le convaincre de ne pas vendre le domaine.

Tout à coup, le téléphone de la maison sonna. Sylvie vérifia l'heure. Il restait moins d'une heure avant la cérémonie de mariage. Pourvu que ce ne soit pas une mauvaise nouvelle ! Non. Tout était prêt et le traiteur avait disposé des amuse-bouches dans la salle à manger. Il n'y avait pas de quoi s'inquiéter.

— Bonjour. Vous êtes bien au vignoble Barto. Que puis-je faire pour vous ?

— Bonjour. Je m'appelle Jameson Asaro et je travaille pour le magazine *Tuscany Views.* Nous aimerions faire un grand reportage sur votre vignoble, à la suite de la récompense prestigieuse que vous avez remportée à Paris.

Elle sentit son cœur battre plus fort. Voilà qui pourrait influencer la décision d'Enzo !

— Hum, pouvez-vous patienter un moment ?

Elle mit son interlocuteur en attente pendant qu'elle sortait son portable de sa poche pour appeler Enzo. Hélas, celui-ci était dans les vignes, et elle tomba sur sa messagerie vocale. Elle reprit le combiné.

— Je suis désolée. Pourrait-on vous rappeler ?

— Non, c'est urgent ! Nous venons d'avoir une annulation de dernière minute et nous avons besoin d'une histoire à publier. Il faut vous décider tout de suite !

— Oh… Eh bien, je…

Qu'aurait fait Enzo ? Apprécierait-il son initiative, si elle donnait son aval ? Ce magazine en ligne et imprimé touchait un grand nombre de lecteurs.

Si elle consentait, Enzo serait-il contrarié ? En fait, elle était tellement occupée à se demander ce qu'il ferait si elle acceptait l'offre qu'elle réfléchissait à l'envers, réalisa-t-elle.

Refuser pourrait aussi être une erreur. De toute façon, c'était un pari.

— Vous êtes toujours là ? demanda le journaliste.

Le moment de vérité était arrivé.

— Euh, oui, je suis là.

— Et êtes-vous prête à nous recevoir ?

— Oui.

À peine le mot était-il sorti de sa bouche qu'elle comprit qu'il était trop tard pour le retirer. Son destin était scellé, et il ne lui restait plus qu'à faire face à l'inconnu.

— Très bien. Nous arriverons jeudi.

Elle sentit sa gorge se nouer.

— Dans moins d'une semaine ?

— Oui, madame. Est-ce un problème ?

Un problème ? Elle n'y avait pas pensé, mais Enzo pourrait avoir un avis différent.

— Non, ce n'est pas un problème, s'entendit-elle répondre.

— Bien. Nous aurons besoin de faire une visite du vignoble. Et de prendre des photos pour illustrer notre article.

— Bien sûr…

Heureusement, la propriété était en parfait état, et Enzo serait sûrement heureux de l'intérêt porté au domaine, n'est-ce pas ?

Après avoir raccroché, elle laissa un mot à son attention dans son bureau, puis alla s'habiller pour le mariage…

Qu'est-ce qui n'allait pas chez lui ?

Chaque fois qu'Enzo se trouvait près de Sylvie, il pensait à l'embrasser. Et ce n'était pas bien. Il y avait autre chose, aussi… Il n'arrêtait pas de repousser la discussion concernant la date du dernier mariage au domaine, or il fallait qu'elle ait lieu…

— Quelque chose vous préoccupe ? demanda Vito.

— Non. Pourquoi ?

Vito désigna un tuyau.

— Parce que vous renversez de l'eau sur le sol…

Il baissa les yeux : une flaque s'était formée, à ses pieds.

— N'êtes-vous pas censé être en vacances avec votre famille, Vito ?

— Je passais juste pour voir si vous aviez besoin de quelque chose.

Enzo prit un torchon pour nettoyer son désordre. Cet accident était mineur, mais il montrait bien à quel point il était distrait.

— Merci, mais je n'ai besoin de rien. Faites un bon voyage…

Mais Vito continuait de l'observer avec attention.

— Si vous avez quelque chose à dire, dites-le ! lança Enzo avec impatience.

— Je me demande à quoi vous pensez. Ou plutôt, à qui.

Enzo secoua la tête.

— Je ne pense à personne, j'ai juste beaucoup de choses à faire avant de vendre la propriété.

Pendant un moment, un silence tendu s'installa, puis Vito se jeta à l'eau.

— J'ai l'impression que Sylvie essaie de vous faire changer d'avis à ce propos, dit-il.

— Elle perd son temps. L'affaire est pratiquement conclue.

— Mais vous n'avez rien signé, n'est-ce pas ? demanda Vito, une trace d'inquiétude dans la voix.

— Non. Mais je le ferai dès que nous nous serons mis d'accord sur les conditions.

— Vous avez donc encore le temps de changer d'avis ?

— Ça n'arrivera pas.

Si Vito n'avait pas été le meilleur ami de son père, il lui aurait déjà dit de ficher le camp. Mais Vito faisait partie de la famille et, même s'il l'agaçait au plus haut point, il ne pouvait pas se le permettre.

— Avez-vous jamais pensé à élever votre famille ici ? Avec Sylvie, peut-être ?

Cette fois, c'en était trop ! Mais, comme il se retournait pour remettre son vieil employé à sa place, il s'aperçut que celui-ci avait disparu.

— Enzo ? appela Sylvie. Enzo, tu es là ?

— Oui, derrière les cuves ! cria-t-il, avant de se rendre compte qu'il n'était pas en état de discuter avec elle. Elle voudrait certainement parler de ce qui s'était passé l'autre soir – ou plutôt de ce qui avait failli se passer –, or il ne s'en sentait pas capable.

Comme les pas de Sylvie se rapprochaient, il se prépara à faire face à sa colère ou à ses accusations. Il expédierait le sujet, puis lui annoncerait que le prochain mariage qui aurait lieu au domaine serait le dernier. Tout simplement.

Hélas, rien n'était simple quand il s'agissait de Sylvie. Mais Vito avait raison : elle faisait tout ce qui était en son pouvoir pour le faire changer d'avis au sujet de la vente. Qu'allait-elle tenter, cette fois-ci ?

— Ah, tu es là !

— Oui, que veux-tu ?

— As-tu vu le mot que je t'ai laissé au bureau ?

Il secoua la tête.

— Je ne suis pas entré dans la maison, ce matin. Je m'arrange toujours pour rester à l'écart les jours de mariage.

— Je comprends…

— On dirait que tu n'aimes pas les mariages.

Elle haussa les épaules.

— Je sais juste que l'ambiance peut être vite trop bruyante. Et si on n'a rien à faire au domaine, mieux vaut s'éloigner un peu, en effet. Je sais que c'est ce que je ferais si je le pouvais.

Il n'était pas sûr de bien comprendre ce qu'elle essayait de lui dire. Et il n'était pas d'humeur à réfléchir.

Mais avant de changer d'avis, il dit :

— À propos de mariage, justement…

Quand il rencontra le regard de Sylvie, il lut de la tristesse dans ses yeux, et sentit sa gorge se serrer. Il avait l'impression que, quelle que soit la décision qu'il prendrait, ce ne serait pas la bonne.

Mais Sylvie était intelligente et talentueuse, et elle rebondirait toujours. Et puis, ce n'était pas comme s'il avait l'intention de la jeter à la rue ! Il payerait ses frais de déménagement et son logement jusqu'à ce qu'elle puisse s'installer à son compte. Il l'aiderait même à trouver un autre emploi, en sollicitant tous ses contacts.

— Oui ? demanda-t-elle d'un ton étrangement calme.

Il soupira.

— Nous devons fixer une date de fermeture définitive pour l'entreprise.

Comme elle le regardait d'un air accablé, sans dire un mot, il ajouta :

— Je suis désolé que les choses se passent ainsi.

Il se demandait si elle allait se mettre à crier ou prendre la fuite, mais elle ne fit ni l'un ni l'autre. Elle commença à énumérer les cérémonies à venir, prévues jusqu'à l'année suivante. Il savait que les annuler susciterait de nombreux drames, non seulement pour Sylvie, mais aussi pour les couples et leurs familles. Sa culpabilité augmentait peu à peu.

— Quand tu m'as annoncé que le domaine devait être vendu, dit Sylvie, j'ai commencé à élaborer un plan. J'ai parlé avec une excellente organisatrice de mariages de Florence. Elle est prête à prendre en charge certains de mes clients, tandis que je m'occuperai de ceux qu'elle ne peut pas intégrer dans son planning, mais dans un lieu différent. J'ai juste une dernière cérémonie ici, au domaine.

— Tu as déjà organisé tout ça ?

— Je ne pouvais pas me permettre d'attendre et d'espérer que quelque chose change. Je ne pouvais pas ruiner les espoirs et les rêves de mes clients, alors il fallait bien trouver une solution de rechange…

— Je parie que ça ne s'est pas bien passé.

Elle jeta un coup d'œil au loin et secoua la tête.

— En effet, beaucoup de mes clients étaient très déçus.

— Je suis désolé, Sylvie. Je n'ai jamais voulu te mettre dans une situation aussi délicate.

Une fois de plus, il avait échoué à protéger quelqu'un qu'il aimait. Si seulement il avait pensé à toutes les conséquences avant de décider de vendre le domaine, peut-être aurait-il pu faciliter la tâche à Sylvie. Il ne savait pas comment, au juste, et cela n'avait plus d'importance maintenant. Le mal était fait.

— Que voulais-tu me dire ? demanda-t-il, désireux de changer de sujet.

— Il y a eu un appel téléphonique important ce matin, pendant que tu travaillais dans les vignes. J'ai essayé de te joindre, en vain.

Il sentit l'anxiété le gagner.

— C'étaient mes sœurs ? Est-ce que quelque chose est arrivé à l'une d'elles ?

— Non. Ce n'est pas ça.

Il laissa échapper un soupir de soulagement.

— Alors quel était cet appel important ?

— C'était à propos de la récompense que tu as reçue à Paris, dit-elle avec un sourire triste. La nouvelle est sortie et le magazine *Tuscany Views* veut publier un reportage sur ton histoire.

— Mon histoire ? répéta-t-il en secouant la tête. Je n'ai pas d'histoire ! Tu as refusé, n'est-ce pas ?

Comme elle ne répondait pas tout de suite, il sentit un sentiment de crainte s'emparer de lui.

— Sylvie, qu'as-tu fait ?

— Tout ce qu'ils veulent, c'est te parler et prendre des photos.

— Impossible.

— Pourquoi ? Tu le mérites. Tu travailles dur pour faire fructifier ce vignoble.

— Cet endroit n'est pas fait pour les photos, dit-il d'un ton rude.

— Mais bien sûr que si ! Il est toujours cité en exemple parmi les professionnels et tous les visiteurs sont ravis de déguster tes vins.

— C'est trop tard. J'ai commencé à tout ranger en attendant le nouveau propriétaire.

C'est alors qu'elle remarqua les murs nus, le chai à moitié vide. Elle se dirigea vers la grande salle de dégustation. Il n'y avait plus rien sur les étagères et elle était vide aussi, à l'exception des meubles, car il n'avait pas encore trouvé d'acquéreur.

— Ça ne devrait pas prendre longtemps pour tout remettre en place, dit Sylvie, une note d'espoir dans la voix.

— Quand ce journaliste est-il censé venir ?

— Jeudi.

— Dans cinq jours ?

Sylvie acquiesça de la tête.

— Tu vois, nous avons tout le temps ! Au fait, où est Vito ?

— En vacances. Tout comme deux autres employés, qui avaient besoin d'une pause avant la récolte. Et les autres gars sont occupés à défricher un nouveau champ à planter pour la prochaine saison. Le nouveau propriétaire veut agrandir le vignoble.

— Oh… Je vois.

Sylvie prit le temps d'assimiler cette information.

— On va y arriver. Je peux t'aider.

Il secoua la tête.

— Ce n'est pas ton boulot.

— Mais j'ai accepté qu'ils fassent ce reportage ! Comme je n'ai pas leur numéro, je ne peux pas les appeler pour annuler, tu comprends…

— C'est un magazine. Je suis sûr que tu peux appeler le bureau et demander à parler au journaliste.

— Je n'ai pas saisi son nom…

Il fronça les sourcils, agacé. Il savait très bien où elle voulait en venir : elle espérait que cette interview et la couverture médiatique le feraient changer d'avis sur la vente du domaine. Or ce n'était pas le cas.

Mais elle était si déterminée qu'il avait l'impression de lui être redevable. Comme dans un brouillard, il s'entendit répondre :

— D'accord…

Elle écarquilla les yeux.

— D'accord, quoi ?

— On va le faire, ce reportage.

— Tu vas… leur faire visiter la propriété ?

Il n'en avait pas envie. Vraiment pas. Vendre la propriété n'était pas facile pour lui, et se rappeler tout ce qu'il s'apprêtait à abandonner n'arrangerait rien. Bons et mauvais souvenirs se mêlaient dans sa tête, et il aurait préféré tout oublier.

Pourtant, comment repousser Sylvie, qui le regardait avec tant l'espoir ? Il avait l'impression que si elle lui demandait les étoiles et la lune, il grimperait sur la plus haute échelle et irait les attraper pour elle.

Mais il se souvenait aussi de ce que Vito avait dit. Il ne pouvait pas la laisser espérer qu'il reviendrait sur sa décision au risque de la décevoir à nouveau.

Il se racla la gorge.

— Sylvie… Je vais faire l'interview et la visite, mais tu dois comprendre que je ne changerai pas d'avis sur la vente de la propriété. Mon choix est définitif.

— Je comprends, dit-elle d'une voix dénuée d'émotion. Merci d'avoir accepté de faire ça. Cela fera un très bon souvenir pour toi et tes sœurs.

Elle avait sans doute raison. Alors pourquoi avait-il le sentiment que c'était la pire décision qu'il ait jamais prise ?

# 7.

Cela fonctionnerait-il ?

Sylvie l'espérait.

Mais comment Enzo avait-il deviné ses intentions ? Alors qu'elle croyait agir en secret, il savait depuis le début qu'elle essayait d'influencer sa décision !

Mais peut-être que c'était mieux ainsi. Exprimer son opposition à la vente le pousserait peut-être à y réfléchir à deux fois.

C'était déjà le milieu de la matinée quand Sylvie arriva au domaine. Elle avait eu l'intention d'y être plus tôt, mais elle s'était mis en tête de trouver un nouveau lieu pour le prochain mariage. Cela lui brisait le cœur. Hélas, Enzo ne lui laissait pas le choix.

Lorsqu'elle entra dans le chai, il était en train de prendre des notes sur sa tablette.

— Désolée d'être en retard. J'avais du travail à terminer.

Elle jeta un coup d'œil aux murs nus. Ils étaient comme des toiles vierges qui n'attendaient qu'un peu de couleur.

— Cela me plaît, ici.

— Ah oui ?

Elle hocha la tête.

— Je ne sais pas pourquoi. Peut-être parce que c'est différent de la villa. Ce chai est immense et j'aime cet aspect industriel, avec ces cuves métalliques.

— J'ai passé beaucoup de temps ici quand j'étais enfant,

raconta Enzo. C'était le meilleur endroit pour jouer à cache-cache avec mes sœurs. Elles avaient peur des tracteurs, alors elles ne s'aventuraient pas beaucoup ici.

Elle sourit en imaginant Enzo enfant, tandis qu'il lui désignait des photos sur une grande table.

— Ce sont les clichés que nous avions réalisés pour donner aux visiteurs un aperçu du processus de vinification.

Elle s'installa près de lui pour observer les photos, où elle vit non seulement l'histoire de la transformation du raisin en vin, mais également, en filigrane, celle d'Enzo lui-même.

Sur la première photo, on voyait une femme qui souriait, une grappe de raisin à la main, et Sylvie comprit tout de suite qu'il s'agissait de sa mère. Carla Bartolini avait été une belle femme, tout comme ses filles.

Elle s'attarda ensuite sur le portrait d'un homme, réalisé ici même, dans le chai. Bien qu'elle n'ait jamais rencontré Aldo Bartolini, la ressemblance avec son fils la frappa.

— Vous avez tous l'air si heureux, dit-elle devant un cliché représentant toute la famille, qui souriait devant les cuves.

— Les apparences peuvent être trompeuses, murmura-t-il.

— Ah oui ? Vous n'étiez pas heureux, sur cette photo ?

— Si, sans doute, mais maintenant que je sais ce qui se cachait derrière ces instants de bonheur, je m'interroge sur le passé.

— Peut-être suffit-il d'accepter les souvenirs tels qu'ils sont dans ton esprit ? Je suis sûre que c'est ce que voudraient tes parents.

— Mais comment pouvaient-ils être heureux alors qu'ils nous cachaient un secret aussi explosif ?

— Parce qu'ils devaient croire qu'ils avaient pris la bonne décision pour préserver leur famille. Quant à toi, tu devrais essayer d'évacuer la colère et la culpabilité que tu as accumulées et qui risquent de te détruire, ajouta-t-elle, soudain très sérieuse.

Il secoua la tête.

— Je ne sais pas si j'en suis capable, Sylvie.

— Pourquoi rejeter le bonheur que tu as connu ? C'était une émotion réelle et authentique. Tu devrais l'accepter, au contraire.

— C'est ce que tu fais ? Tu te remémores les bons moments passés avec ta mère ?

— J'essaie, oui.

— Mais tu te reproches encore de ne pas avoir été assez présente.

Elle hocha la tête.

— Alors en quoi est-ce si différent de ce que je fais ?

Il avait raison, songea-t-elle, avant de se rappeler une conversation qu'elle avait eue avec sa mère. Celle-ci lui avait dit qu'elle était fière d'elle, et qu'elle était la meilleure fille qu'elle pouvait espérer. Et que bientôt, elle retrouverait son père… Elle l'avait exhortée à trouver le même genre d'amour pour elle-même, un amour qui durerait toujours.

Sylvie leva les yeux vers Enzo. Sa mère approuverait-elle son choix, ou lui conseillerait-elle de le laisser tomber ? Elle se posait tant de questions !

— Sylvie, tu vas bien ? demanda Enzo d'un air inquiet.

— Oui, dit-elle en souriant malgré ses yeux humides. Tu m'as rendu un souvenir très cher, et je t'en remercie.

Il lui sourit.

— Et maintenant, au travail ! Aide-moi à remettre ces empreintes sur le mur.

Les jours suivants, ils travaillèrent en équipe pour nettoyer, trier et ranger. Après avoir redécoré la villa, et réaménagé le chai et les dépendances, ils étaient épuisés. Il ne restait plus qu'une seule pièce à traiter : la salle de dégustation, qui était à la fois un musée et un espace dédié aux visiteurs. Il avait fallu des jours à Enzo pour tout emballer…

Il jeta un coup d'œil sur les murs nus où de grands panneaux retraçaient l'histoire du vignoble.

— Je ne sais pas si nous allons réussir à faire tout ça.

— Bien sûr qu'on va y arriver ! dit Sylvie avec un sourire rassurant. Il faut juste passer à la vitesse supérieure. J'ai des photos sur mon téléphone qui pourraient nous aider à remettre les petits objets à leur place.

Par curiosité, il s'approcha et jeta un coup d'œil. Il y avait de nombreux clichés, non seulement de la salle de dégustation, mais aussi de la maison principale et des environs.

Alors qu'Enzo regardait les vieilles photos de famille, il entendit la voix de son père dans son esprit : « La vie ne se déroule jamais comme on l'a prévu. Ce sont les détours qui permettent de trouver son chemin. »

Il comprit alors qu'il n'avait aucune idée de l'endroit où le mènerait le détour qu'il était en train de prendre, et cela le troubla.

— Enzo ? Tout va bien ?

— Oui, oui. Remettons toutes ces choses à leur place !

Ils travaillèrent pendant un long moment en silence, puis Sylvie lança :

— Qu'en penses-tu ? Tu crois qu'on va réussir à finir aujourd'hui ?

— Pourquoi ? Tu as quelque chose de prévu demain ?

Elle sourit et acquiesça. Il connaissait ce sourire : elle avait quelque chose en tête. Et une petite voix lui soufflait que cela n'allait pas lui plaire.

Instinctivement, il la prit par les épaules et planta les yeux dans les siens.

— Sylvie, quel est ton plan ?

— Je pensais qu'on pourrait aller à Florence pour acheter des compositions florales et des bougies, et peut-être une couronne ou deux… Cela égaierait cet endroit. Les photos sont jolies mais le décor a besoin d'être adouci un peu.

Il se frotta la nuque.

— Tu prends cela trop à cœur.

Elle le regarda droit dans les yeux.

— Quand je commence quelque chose, je vais jusqu'au bout. J'irai seule à Florence s'il le faut.

Étrangement, ces mots ravivèrent un souvenir et Enzo se rappela son père qui se tenait dans cette même pièce et lui disait : « Ne renonce jamais à ceux que tu aimes. Le pardon est l'une des plus grandes choses que l'on puisse accorder à soi-même et aux autres. »

C'était presque comme si son père savait que ce jour allait arriver et que, à sa manière, il voulait guider son fils. Mais Enzo ne pouvait pas ignorer les ravages qu'avait causés le secret de ses parents. Ce n'était pas juste. Peut-être son père aurait-il dû suivre certains de ses propres conseils…

— Enzo…

Il se ressaisit en entendant la voix de Sylvie, et redressa brusquement la tête.

— Désolé. J'ai juste eu… un flash.

— Tu t'es rappelé… tes parents ?

— Mon père. Il avait l'habitude de partager avec moi des petits dictons pleins de sagesse.

— Comme quoi ?

Enzo lui expliqua, et le fait d'évoquer ses parents les lui fit voir sous un nouveau jour. Derrière le couple modèle, il voyait désormais deux individus imparfaits… ainsi que des parents aimants.

— Tu as de bons souvenirs, ici. Peut-être qu'ils ne sont pas tous heureux, mais…

— Sylvie, arrête ! lâcha-t-il d'un ton brusque. Il est trop tard pour faire machine arrière.

— Mais… Tu n'as pas encore signé les papiers…

— J'ai donné ma parole.

— Ce n'est pas la même chose que de signer une promesse de vente.

— Pour moi, si ! dit-il en tournant les talons.

# 8.

Enzo se chargeait de l'essentiel du travail et elle réglait les détails. Ils étaient complémentaires et, ensemble, ils faisaient du bon travail.

Après avoir accroché la dernière photo sur le mur, Enzo examina la pièce. Son regard se posa sur Sylvie qui rangeait quelques bibelots dans l'une des vitrines éclairées. La cave était comme avant, mieux même, grâce à la touche déco qu'elle y avait apportée.

Mais il était tard et Enzo lança :

— C'est fini pour ce soir !

Sylvie ne protesta pas, et le suivit vers la sortie. Quand il éteignit le chai, il sut qu'il ne dormirait pas cette nuit-là, avec toutes les pensées qui lui traversaient l'esprit. Mais ce n'était pas une raison pour empêcher Sylvie de se reposer.

Il tourna la clé dans la serrure avant de se retourner vers elle. Au clair de lune, elle avait l'air d'une magicienne. Comme il aurait été facile d'oublier toutes ses réserves et la serrer contre lui pour l'embrasser !

Au lieu de cela, il se dirigea vers la maison d'hôtes, en se remémorant une autre soirée passée avec Sylvie. Une soirée où ils avaient jeté toute prudence au vent. Une erreur qu'il ne voulait surtout pas répéter…

Très vite, ils se retrouvèrent devant la porte de Sylvie.

— Merci pour ton aide, aujourd'hui.

— De rien. C'est plutôt moi qui devrais te remercier puisque ce reportage était mon idée.

— Je sais que je n'étais pas très enthousiaste à cette idée au début. Et j'en suis désolé.

— Et maintenant ?

— Je pense que c'était une bonne idée. La façon parfaite de dire au revoir à cet endroit, s'empressa-t-il d'ajouter.

Il avait l'impression que dire au revoir à Sylvie serait plus difficile pour lui que de se séparer de la maison de son enfance.

— Enzo, qu'est-ce qu'il y a ? demanda Sylvie d'une voix douce.

Il secoua la tête.

— Rien.

Elle ouvrit la porte.

— Entre un instant.

— Il est un peu tard. Et comme nous allons en ville demain, mieux vaut nous reposer.

— Tu es sûr ?

Il fit un signe de tête.

— Oui.

Au clair de lune, il distinguait le contour de son visage mais ne voyait pas ses yeux.

Elle poussa la porte et appuya sur l'interrupteur, mais rien ne se produisit. La pièce était plongée dans l'obscurité.

— Que se passe-t-il ?

Enzo, qui s'était déjà éloigné de quelques pas, se retourna aussitôt.

— Laisse-moi voir.

En franchissant le seuil de la porte, il trébucha… sur Sylvie, et l'attira instinctivement à lui pour l'empêcher de perdre l'équilibre.

— Je… euh… vais voir où est le problème.

C'est à contrecœur qu'il la lâcha. Elle paraissait calme. Si elle avait perçu le tourment qui l'habitait, elle n'en dit pas un mot.

Il connaissait la maison par cœur, et se rendit sans hésiter dans la cuisine. Là, il ouvrit le tableau électrique et remit un fusible en place avant d'appuyer une nouvelle fois sur l'interrupteur. La lumière revint.

— On dirait qu'une ampoule a brûlé, dit-il en se tournant vers Sylvie, debout dans l'ombre. Ce qui est étrange, car il devrait y en avoir deux dans ce luminaire.

— Eh bien, c'est le cas. Une ampoule a brûlé l'autre jour, mais je n'ai pas eu le temps de la changer.

— Pas de problème. Je vais réparer ça en un rien de temps.

— Ne te donne pas cette peine pour ce soir. Tu dois être fatigué.

— Je doute de bien dormir cette nuit…

Les mots lui avaient échappé, et il les regretta, car il n'était pas prêt à s'expliquer, ce qui l'aurait forcé à parler de son passé. Or il ne voulait pas décevoir Sylvie. Elle le prenait pour un type bien, et il voulait le demeurer à ses yeux.

Il se mit donc au travail et, quelques minutes plus tard, il avait remplacé les ampoules. Il était temps qu'il parte avant de risquer de perdre à nouveau la tête. Mais quand il regarda autour de lui, Sylvie n'était nulle part en vue.

— Sylvie ?

Comme elle ne répondait pas, il se dirigea vers l'arrière de la maison, où une pièce était consacrée au rangement du matériel réservé aux mariages. Il la trouva assise sur le canapé. Elle tapota la place, à côté d'elle.

— Viens t'asseoir…

Il consulta sa montre.

— Je… Il est vraiment tard, et…

— Tu as dit que tu ne dormirais pas cette nuit.

C'était vrai. Il n'avait pas l'intention de le lui confier, mais il était trop tard pour revenir en arrière, maintenant.

— Ça va aller. Je t'ai préparé quelque chose pour t'aider à dormir.

Sa voix était ferme, comme celle de sa mère quand elle

parlait sérieusement. C'était incroyable, ce que sa mère pouvait obtenir des gens sans élever la voix. Sylvie possédait ce même équilibre et cette même autorité naturelle. Un jour, elle ferait une bonne mère. Il en était certain.

Il s'assit donc à côté d'elle, en prenant soin de laisser une distance respectable entre eux. Il ne pouvait pas s'empêcher de penser que c'était une erreur.

Sylvie lui tendit une tasse.

— Tiens. Bois ceci.

Quand il la prit, leurs doigts se frôlèrent. Un élan de désir électrisa son corps, puis son regard rencontra celui de la jeune femme et il se sentit comme envoûté, prisonnier de son charme. Enzo détourna légèrement la tête, comme pour se soustraire à cette emprise avant qu'il soit trop tard. Il fixa la boisson rougeâtre, certain désormais qu'une longue nuit d'insomnie l'attendait.

Il déglutit avec peine, puis leva sa tasse.

— Qu'est-ce que c'est ?

— C'est une tisane spéciale que ma mère me préparait quand je faisais un cauchemar ou la veille d'un examen important.

Elle but une gorgée dans sa propre tasse, et il l'imita.

— Il y a du miel, de la vanille et une touche de lavande. Plus quelques ingrédients secrets. Tu aimes ça ?

— Je…

Il pinça les lèvres le temps de réfléchir à une réponse. Il ne détestait pas, mais il n'aimait pas franchement non plus.

— C'est… spécial. Je n'ai jamais rien goûté de tel auparavant.

— Continue à siroter. Crois-moi, ça t'aidera à te détendre.

Elle l'étudia un instant, puis fronça les sourcils.

— Comment veux-tu te détendre alors que tu es perché sur le bord du canapé, comme si tu étais prêt à bondir à tout moment ? Assieds-toi confortablement…

Ce n'était certainement pas une bonne idée, mais comme

il était déjà assis dans son salon, pourquoi ne pas simplement se pencher un peu en arrière ? Ce n'était pas comme si elle allait se jeter dans ses bras. À moins que... L'idée n'était pas pour lui déplaire.

Tous les muscles de son corps étaient tendus lorsqu'il posa son dos sur le coussin. Cependant, il restait sur ses gardes.

— Penses-tu que quelque chose pourrait te faire changer d'avis sur la vente du domaine ?

C'était la première fois qu'elle lui posait directement la question. La réponse qui lui vint spontanément n'était sans doute pas celle qu'elle voulait entendre. Il baissa les yeux vers sa tasse et prit une gorgée, sous le regard acéré de Sylvie. Pourquoi ne pouvait-elle pas tout simplement renoncer ?

— Non. Je ne vais pas changer d'avis, répondit-il.

— Y a-t-il quelque chose que je puisse dire ou faire... ?

— Non, Sylvie. J'ai pris la bonne décision, affirma-t-il, alors même que des pensées contradictoires se bousculaient dans sa tête. Tu ne comprends pas.

— Alors explique-moi, murmura-t-elle.

Soudain, il eut envie de lui dévoiler le secret qu'il avait gardé en lui pendant toutes ces années, parce qu'il avait honte. Et si elle était la seule personne au monde avec qui il pouvait enfin lâcher prise, à qui il pouvait enfin faire confiance ?

Sans se donner le temps de réfléchir, il se tourna vers elle. Dans ses yeux, il lut de la compassion et de la sympathie, des sentiments dont il n'était pas digne. Cela dissipa sa dernière hésitation.

— Sylvie, je sais que cet endroit signifie beaucoup pour toi, mais pour moi, il est hanté par les fantômes du passé. Des mensonges et des secrets avec lesquels je ne peux plus vivre. J'ai besoin de passer à autre chose, de recommencer de zéro.

— Mais tout ça n'a-t-il pas été réglé quand Bianca a trouvé le journal de ta mère ?

— Non.

Ce petit mot lourd de sens resta longtemps en suspens,

puis Enzo se passa les doigts dans les cheveux. Pourquoi insistait-elle ? Elle n'allait pas aimer ce qu'il s'apprêtait à lui révéler.

Sylvie s'approcha de lui et posa doucement la main sur son genou. N'avait-elle pas compris ce qu'il avait essayé de lui dire ? Il ne méritait pas sa gentillesse, ni sa compassion.

D'un bond, il se leva et posa sa tasse sur la table.

— Il faut que j'y aille !

— Enzo… Attends !

Elle se précipita vers lui.

— Je suis désolée. Je n'aurais pas dû insister comme ça. S'il te plaît, pardonne-moi.

La frustration et la culpabilité se bousculaient en lui.

— Arrête de t'excuser. Tu n'as rien fait de mal. Je ne mérite pas ta sympathie. Si tu savais…

La phrase resta inachevée. Il ne put se résoudre à la terminer, de crainte de ternir l'image qu'elle avait de lui.

— Nous n'en parlerons plus, d'accord, dit-elle en l'attirant doucement à elle. Asseyons-nous. Tu n'as pas fini ta tisane.

Son corps la suivait, mais son esprit lui criait qu'il était sur le point de commettre une seconde erreur. Il devait sortir d'ici, et vite ! Et pourtant, il prit de nouveau place sur le canapé, à côté d'elle, et saisit sa tasse abandonnée. Plus vite il la finirait, plus vite il pourrait être libéré, se retrouver seul avec ses pensées.

— Si tu ne veux pas aller en ville demain, dit Sylvie, je pourrai y aller seule.

Mais il avait donné sa parole et il avait l'intention de la tenir.

— Je serai prêt à partir à la première heure demain matin.

— Mais tu seras fatigué…

— Toi aussi.

Il aurait voulu qu'elle cesse d'être aussi gentille avec lui, car cela ne faisait qu'aggraver son état. Mais s'il lui disait la vérité, s'il lui révélait le sombre et profond secret qu'il gardait depuis des années, elle comprendrait qu'elle avait tort de le traiter avec autant d'égards. En fait, elle aurait probablement hâte de quitter la propriété et de recommencer sa vie ailleurs, comme ses sœurs l'avaient fait après que le journal eut révélé les fractures de leur famille parfaite.

— Si jamais tu as envie de parler, reprit-elle, je veux dire, parler vraiment, je suis prête à t'écouter…

— Sylvie, arrête. Tu ne comprends pas ce qui se passe.

— Alors dis-le-moi !

— Je savais…

Les mots avaient jailli avant qu'il puisse les arrêter.

Les fins sourcils de Sylvie se rapprochèrent.

— Tu savais quoi ?

— Je connaissais le secret de mes parents. Je savais que l'un de nous trois était un enfant illégitime.

— Tu veux dire… en découvrant le journal ?

Il secoua la tête en fixant aveuglément le fond de sa tasse.

— Je l'ai su des années avant que mes sœurs retrouvent le journal.

— Oh…

— Comme tu le sais, je suis l'aîné. Et quand nous étions enfants, je restais éveillé un peu plus tard que mes sœurs. C'était seulement une demi-heure, mais pour moi, c'était important – une sorte de privilège, puisque Bianca et Gia n'y étaient pas autorisées. Pendant ce temps, je lisais au lit.

Il ferma brièvement les yeux, et se repassa les événements de cette nuit-là, aussi nettement que s'ils s'étaient déroulés la veille.

— Je ne me souviens pas quel livre je lisais, mais c'était un de ceux qu'on ne peut pas lâcher facilement.

Sylvie ne disait pas un mot. Assise, elle l'écoutait calmement, mais il savait qu'à la fin de son récit, elle le regarderait avec tout le mépris qu'il méritait. À juste titre.

Il prit une profonde inspiration et poursuivit.

— Je savais qu'il était tard. Vraiment tard. Et j'ai entendu des cris. J'ai été surpris car ma mère n'élevait que très rarement la voix, prétendant qu'il n'était pas nécessaire de crier pour faire passer son message. Et puis j'ai entendu une porte claquer.

Si seulement il s'était endormi au lieu d'allumer sa lampe de poche pour lire sous les couvertures, il n'aurait pas entendu ces paroles bouleversantes, qui avaient tout changé dans sa vie.

Ému, il reprit :

— J'étais censé dormir depuis des heures, mais quand j'ai entendu ce fracas, j'ai pensé que quelque chose n'allait pas. Pieds nus, j'ai couru dans le couloir vers la chambre de mes parents. Je n'ai pas eu besoin de mettre mon oreille contre la porte car ils parlaient très fort.

Il s'interrompit pour rassembler ses pensées. Une part de lui aurait voulu s'arrêter là, et chasser ce souvenir importun, mais l'autre part avait besoin de s'exprimer, de se libérer – enfin.

Il prit une profonde inspiration pour tenter de se calmer, et confia, presque à voix basse :

— J'ai entendu ma mère dire, entre deux sanglots, qu'elle voulait nous révéler que mon père n'était pas notre père biologique à tous. Mais ensuite, elle a ajouté qu'elle avait tout gâché à cause de cette liaison et avoué combien elle se sentait coupable. Mon père lui a dit que nous étions trop jeunes pour comprendre. Puis, quand elle a parlé de moi et du fait que je n'étais plus un petit garçon, mon père a estimé qu'il était injuste de me confier un secret que je ne pouvais pas révéler à mes sœurs…

Sylvie posa la main sur son bras en un geste d'attention silencieux. Et cela lui donna la force de terminer.

— Je ne sais pas combien de temps je suis resté là, à essayer de donner un sens à ce que je venais d'entendre. Ma mère avait eu une liaison ! J'étais certain que c'était moi, l'enfant illégitime. Sinon, pourquoi aurait-elle mentionné mon nom ?

— Ça a dû être un tel choc…

Il acquiesça.

— Mon esprit était en ébullition. Je n'étais pas un Bartolini. Je n'étais pas à ma place.

— As-tu essayé d'en parler à tes parents ?

— Non. Je suis retourné me coucher et j'ai fini par m'endormir. Le lendemain matin, mes parents se sont comportés de façon tout à fait normale. Dans ma tête d'enfant, j'ai dû me convaincre que ce n'était qu'un rêve. Mais au fond de moi, je savais que c'était la réalité…

— Et durant toutes ces années, tu as gardé ça pour toi ? Sans pouvoir en parler à personne ?

— Mais il ne s'agissait pas de moi ! Il s'agissait de mes sœurs. J'avais trop honte, trop peur de mes propres sentiments pour en parler. Mais j'aurais dû tenter quelque chose.

— Tu n'étais qu'un enfant. Comment aurais-tu réussi une chose pareille ?

De nouveau, il se passa les doigts dans les cheveux pour tenter de chasser sa frustration, sa colère.

— Je ne peux pas me cacher derrière cette excuse. J'ai eu l'occasion de m'exprimer lorsque mes sœurs ont trouvé ce journal. Et pourtant, j'ai gardé ce terrible secret pour moi. Je n'ai pas pensé que cela allait les ronger à ce point – le fait de ne pas savoir…

Les doigts de Sylvie glissèrent entre les siens, qu'elle serra doucement.

— Tu sais, je pense que tes sœurs ne t'auraient rien reproché.

— Mais j'aurais dû dire quelque chose. J'avais honte de ne pas être un Bartolini. J'avais peur qu'elles ne me regardent pas comme leur grand frère. Je ne voulais pas que notre relation change. Je pensais qu'en taisant cette information, je gagnerais du temps… jusqu'aux résultats du test ADN.

— Tu venais de perdre tes parents, tu avais peur de perdre aussi tes sœurs. C'est compréhensible.

— Mais ce n'est toujours pas une excuse !

D'un bond, il se leva et s'éloigna d'elle.

— Si j'avais été un bon frère, si j'avais protégé mes sœurs comme mon père me l'avait toujours demandé, j'aurais parlé.

Sylvie chercha son regard, puis déclara :

— Tu aurais peut-être dû parler plus tôt, mais alors, tu aurais dit un mensonge. Car tu es un Bartolini par le sang. Peut-être que cela aurait été pire pour tes sœurs de croire une chose, pour découvrir ensuite que ce n'était pas la vérité.

— Mais si j'avais eu le courage de parler il y a tant d'années, mes parents auraient pu nous expliquer. Maintenant, c'est trop tard !

— Et c'est pour ça que tu vends le domaine ? Tu penses que tu ne le mérites pas ?

Il haussa les épaules.

— Mes sœurs ont toutes les deux déménagé pour repartir de zéro. Il est temps que je fasse la même chose.

— Leur as-tu dit tout cela ?

Il secoua la tête.

— Je ne peux pas. Je ne peux pas risquer de les perdre.

— Tu penses vraiment que ça peut arriver ? Pas moi. Je sais que tes sœurs t'aiment autant que tu les aimes, et rien ne vous séparera.

Dans son regard, il lut la vérité et la compassion, mais ce n'était pas suffisant pour le faire changer d'avis.

— Je… Je ne peux pas le faire.

— Si tu renonces, je pense que tu ne prendras jamais ce nouveau départ que tu cherches, quelle que soit la distance qui te sépare de ce domaine…

Il aurait voulu se disputer avec elle, lui dire qu'elle avait tort. Mais il n'en fit rien. Sylvie était une femme intelligente, mais révéler son secret à ses sœurs était un risque qu'il n'était pas prêt à prendre. Elles avaient déjà tant vécu, tant perdu ! Il ne voulait pas qu'elles le regardent comme le lâche qui les avait laissées tomber.

— Tu ne diras rien, n'est-ce pas ? demanda-t-il.

— Tu sais que tu peux me faire confiance. Ce n'est pas mon secret. Mais je te conseille d'y réfléchir sérieusement.

— Je... Je dois y aller, maintenant.

— Reste... On n'est pas obligés de parler.

L'idée de passer la nuit à se perdre en elle était si tentante ! Chaque fibre de son corps aspirait à la rejoindre mais il savait que s'il le faisait, il ne la laisserait plus jamais partir.

Et ce ne serait pas juste pour la douce Sylvie, qui croyait au véritable amour, au bonheur et à la bonté des gens. Hélas, il ne pourrait pas la rendre heureuse.

Son regard se posa instinctivement sur ses lèvres. Pourquoi lui semblait-il si naturel de l'embrasser pour lui souhaiter bonne nuit ? Peut-être pour la même raison qu'il lui avait confié son secret le plus cher ?

Mais il ne pouvait pas compliquer davantage les choses. Pas après lui avoir expliqué pourquoi ils ne pouvaient pas être ensemble...

— Nous nous verrons demain matin, dit-il en s'éloignant, avec la sensation déchirante de laisser derrière lui la meilleure part de lui-même.

# 9.

C'était une journée parfaite. Le soleil était radieux, le ciel, bleu azur.

Et l'air était délicieusement tiède.

Mais l'ambiance, dans la voiture, était tout sauf joyeuse. Les cernes sous les yeux d'Enzo prouvaient qu'il n'avait pas beaucoup dormi, voire pas du tout. Elle-même avait au moins somnolé pendant quelques heures, mais son estomac était alourdi. Elle attribua cette gêne au mal des transports et se dit que cela allait bientôt passer.

Après un trajet sans encombre, ils arrivèrent à Florence. L'expresso qu'Enzo lui proposa alors était très tentant, mais son estomac n'était toujours pas prêt.

Sur son téléphone, Sylvie chercha des adresses.

— Il y a beaucoup de magasins de décoration intéressants, ici.

— Je te suis !

Elle commença à lui indiquer le chemin, mais, quand elle leva les yeux, elle se rendit compte qu'il avait tourné dans la direction opposée.

— C'est juste un petit détour, promit-il en la voyant perplexe.

— Mais nous devons retourner au domaine et finir de tout installer !

— Détends-toi. Nous avons de la marge. Et tu as toi-même avoué que tu n'avais jamais pris le temps d'admirer la ville.

C'était vrai. Depuis qu'elle avait quitté la Patazonie, elle n'avait pas passé beaucoup de temps à Florence. Malheureusement, les rares fois qu'elle était venue dans cette belle ville riche en histoire, c'était pour des rendez-vous de travail et elle n'avait pas pu la découvrir. Elle rêvait de visiter certains des sites de la ville, mais il y avait toujours eu quelque chose pour l'en empêcher…

Elle souhaitait depuis longtemps faire un peu de tourisme. Alors pourquoi s'y opposer ? Pourquoi ne pas profiter de cette journée – sans se soucier du lendemain ?

— Par où allons-nous commencer ? demanda Sylvie, d'un air enjoué, quand Enzo eut garé la voiture.

— Par ici ! dit-il en désignant une ruelle escarpée. J'espère que tu as mis de bonnes chaussures !

Les habitants de Florence étaient souriants et très amicaux, et Enzo, le guide idéal pour lui faire découvrir la ville.

Le fait de voir cet endroit à travers ses yeux avait quelque chose d'excitant, qui l'attirait inexorablement. De plus, il était d'excellente humeur, ce qui ne gâtait rien.

— Notre premier arrêt sera le Ponte Vecchio, l'un des plus vieux ponts d'Europe, expliqua-t-il. Et il y a encore des maisons construites dessus, bien que la plupart d'entre elles soient maintenant des magasins.

— Je ne peux même pas imaginer vivre sur un pont ! murmura-t-elle, émerveillée.

— La vue est magnifique.

Une énergie joyeuse émanait de la foule des promeneurs et ils traversèrent le pont bondé, échangeant çà et là avec les marchands, dont la plupart étaient des bijoutiers. Bien qu'attirée par les vitrines, Sylvie songea qu'elle ne pouvait pas se permettre de faire des folies – alors qu'elle était sur le point de perdre sa maison et son travail. Mais rêver un peu ne coûtait rien !

Elle remarqua un collier d'argent et d'améthyste représentant une grappe de raisins et ses feuilles finement ciselées. Après avoir consulté le prix, elle laissa échapper un soupir résigné et passa à autre chose.

Comme Enzo regardait une montre, elle en profita pour revenir en arrière et admirer de nouveau le collier. Mais elle ne voulait pas lui avouer pourquoi elle ne pouvait pas l'acheter, afin qu'il ne se sente pas coupable de sa situation. Après tout, ce n'était qu'un bijou, certes magnifique, mais dont elle n'avait nul besoin !

Alors qu'ils continuaient à traverser le pont, Sylvie chassa ces pensées de son esprit. Inutile de s'attarder sur quelque chose qu'on ne pouvait pas posséder. Seuls les souvenirs avaient de la valeur, et elle aimait cette escapade à Florence, en grande partie grâce à son guide… Elle rejeta aussitôt cette idée. Elle était heureuse de pouvoir enfin flâner et se détendre, rien de plus !

Elle s'arrêta au bout du pont pour admirer le magnifique panorama sur le fleuve et la ville environnante.

— Attends-moi ici ! dit Enzo. Je reviens tout de suite.

Il disparut dans la foule, sans doute pour aller chercher un expresso. Elle réprima un bâillement, refusant de céder à sa fatigue. Aujourd'hui, elle voulait tout voir ! Elle pourrait dormir ce soir, mais pour l'instant, pas question de rater quoi que ce soit. Cette ville était si belle !

Soudain, Enzo fut près d'elle.

— Tourne-toi, s'il te plaît.

— Comment ?

— Tourne-toi…

Comme elle fronçait les sourcils d'un air perplexe, et cherchait à voir ce qu'il dissimulait derrière son dos, il ajouta :

— Fais-moi confiance. Ferme les yeux…

Avec une légère appréhension, elle obéit. Il s'approcha alors d'elle et glissa quelque chose autour de son cou, si vite qu'elle ne sentit presque rien.

— Ne bouge pas… J'y suis presque… Et voilà.

Sylvie ouvrit les yeux, puis souleva délicatement le pendentif, émue aux larmes.

— Il est ravissant ! Mais… comment as-tu su ?

Quand elle lui sourit, il lui rendit son sourire.

— J'espérais cette réaction.

— Quelle réaction ?

— Ton sourire. Il illumine le monde entier, du moins mon monde.

Ces mots firent battre son cœur plus vite.

— Merci beaucoup. Je suis très touchée, murmura-t-elle en caressant le pendentif. Je l'adore. Mais tu n'aurais pas dû l'acheter. Je te rembourserai…

— Pas question ! C'est un cadeau.

— Mais…

— Pas de mais ! Cela me fait plaisir, et il te va très bien.

Ils poursuivirent leur chemin, s'arrêtant pour admirer le buste du sculpteur Benvenuto Cellini, au socle entouré de grilles où des amoureux du monde entier avaient attaché des cadenas. Selon la légende, s'ils jetaient la clé dans le fleuve Arno, leur amour serait éternel.

Sylvie se demandait si elle connaîtrait un jour un tel amour, un amour comme celui de ses parents. Elle ne croyait pas que cela arrivait à tout le monde, mais l'idée d'une relation qui traversait le temps et les épreuves était vraiment très séduisante.

Après le pont, ils visitèrent la Piazza della Signoria et le centre-ville de Florence, avec sa remarquable galerie de sculptures en plein air et ses œuvres d'art étonnantes.

Sylvie prit beaucoup de photos, comme pour ne pas oublier un seul instant de cette journée. À la Galleria dell'Accademia, elle s'émerveilla devant toutes les statues et les peintures, mais c'est le David de Michel-Ange qu'elle admira le plus. Elle n'avait jamais adoré la Renaissance, mais elle commençait à changer d'avis.

Elle se tourna vers Enzo.

— Merci de m'avoir amenée ici. Je n'oublierai jamais cette journée.

— Moi non plus, dit-il avec force. Il y a quelque chose que je voulais te dire et, pour une raison ou une autre, je n'ai pas arrêté de le repousser…

Son regard sincère se riva à celui de Sylvie, et il prit une profonde inspiration.

— Je suis désolé de la façon dont j'ai agi après Paris. Ce n'était pas bien. J'ai essayé de te blâmer et ce n'était pas juste. La vérité, c'est que cette nuit signifiait plus pour moi que je n'étais prêt à l'admettre. J'ai usé de tous les prétextes possibles pour éviter de faire face à ces sentiments. Merci de ne pas m'avoir abandonné et de m'avoir donné l'occasion de réfléchir à tout cela.

Ces mots la touchèrent au cœur. Cependant, elle n'était pas tout à fait sûre de ce qu'il essayait de lui dire. Une part d'elle voulait en savoir plus, mais l'autre craignait de gâcher ce moment. Aussi difficile cela soit-il pour elle, il était préférable pour tous les deux qu'elle accepte ce qu'il était prêt à donner et n'insiste pas pour obtenir davantage. Mais cela ne signifiait pas qu'elle ne lui devait pas d'excuses également.

— Je suis désolée, moi aussi.

Comme les émotions se bousculaient en elle, elle se retourna pour jeter un regard sur la célèbre statue.

— Moi aussi, j'ai mal réagi après Paris. Je ne m'attendais pas à ce que les choses aillent dans ce sens. Et puis j'ai pensé que tu m'en voulais, ce qui n'a fait qu'ajouter à ma frustration.

Elle se tourna de nouveau vers lui et ajouta :

— D'habitude, je ne fais pas preuve d'autant d'audace.

Il ébaucha un sourire.

— J'aime ton côté audacieux.

— Ah oui ?

Il fit un signe de tête.

— L'audace te va bien.

Elle rougit légèrement, tandis que le regard d'Enzo se plongeait dans le sien. Son cœur battait si fort qu'il résonnait dans ses oreilles. Comment était-il possible que cet homme puisse avoir un tel pouvoir sur elle ?

— À propos de la nuit dernière…

— Nous étions tous les deux épuisés, dit-elle avec précipitation. Il n'y a rien à dire à ce sujet.

Son regard fouilla le sien.

— Tu es sûre ?

— Oui. Je pense que tu es un frère et un ami très attentionné.

Elle perçut soudain son regard sur ses lèvres. Allait-il l'embrasser ici, devant tous ces gens ? Elle se fichait de savoir qui regardait. Tout ce qui l'intéressait, c'était d'être à nouveau dans ses bras…

Soudain, quelqu'un la heurta violemment, et elle se retrouva tout contre Enzo. Tous les deux se retournèrent et tombèrent nez à nez avec un adolescent.

— Désolé, dit celui-ci, rouge de confusion.

— Fais attention, la prochaine fois, avertit Enzo. Tu aurais pu blesser quelqu'un.

Le garçon hocha la tête et disparut dans la foule.

— Est-ce que ça va ? demanda Enzo.

Elle acquiesça, mais le charme de l'instant était rompu.

— Viens, continuons notre visite ! Les magasins vont bientôt fermer !

# 10.

Elle effleura le pendentif, envahie d'une joie soudaine.

Il ne fallait pourtant pas trop espérer. Ce n'était qu'un simple geste amical. Enzo ne voulait pas d'attaches – en fait, il faisait de son mieux pour ne pas s'engager, car il allait vendre le domaine. Qui sait où il irait ensuite ?

Ils allèrent dans plusieurs magasins. Dans une boutique d'occasion, elle trouva des vases en cristal et, chez un fleuriste, de magnifiques fleurs séchées. Elle choisit aussi des compositions fraîches, qu'elle disposerait dans la villa avant l'arrivée des journalistes.

Elle se tourna vers Enzo, qui se tenait près de la porte, impatient de passer à autre chose. Pendant que le vendeur emballait ses achats, Sylvie s'approcha d'Enzo. Il avait l'air de s'ennuyer.

— Qu'est-ce que tu en penses ? demanda-t-elle en lui tendant un bouquet de fleurs violet et blanc.

Il haussa les épaules.

— Elles sont très belles.

Ce n'était pas le soutien qu'elle espérait, mais elle s'en contenta.

— J'ai bientôt fini, ne t'inquiète pas.

C'est alors que son regard tomba sur une petite annonce immobilière, épinglée juste au-dessus de l'épaule d'Enzo.

Elle se rappela qu'il ne lui avait donné aucune raison de croire qu'il allait changer d'avis sur le fait de garder le domaine. Si elle ne prenait pas cela au sérieux, elle se retrouverait de nouveau à la rue. Ayant vécu cette situation une fois, elle n'allait pas la laisser se reproduire – surtout lorsqu'elle était en mesure de l'empêcher.

Elle détailla donc l'annonce : une chambre à coucher, animaux domestiques autorisés, salle de bains confortable…

L'idée de rentrer à la maison avec un chien ou un chat lui plaisait. De plus, le loyer était abordable.

L'appartement se trouvait juste au-dessus de la boutique du fleuriste. Elle ne pouvait pas partir d'ici avant de l'avoir vu ! Elle décida d'aller se renseigner à la réception.

— Je reviens tout de suite, dit-elle à Enzo.

— Où vas-tu ?

— Voir un appartement.

À moins qu'il ne soit déjà pris ? Elle espérait que non, car cela correspondait à son budget serré. Elle avait un peu d'économies, mais rechignait à les entamer. La modestie était donc la ligne de conduite à adopter jusqu'à ce qu'elle trouve un emploi, prochain point sur sa liste de choses à faire.

— Un appartement ? Quel appartement ? demanda Enzo, surpris.

Elle ne s'arrêta pas pour lui répondre. Elle avait une mission à accomplir, et ne voulait pas manquer sa chance.

Enzo la suivit et lui demanda :

— Pourquoi es-tu intéressée par un appartement ?

— À ton avis ? répliqua-t-elle d'un ton acerbe.

— Je comprends pourquoi tu cherches un appartement, mais ce que je ne comprends pas, c'est pourquoi tu veux t'installer ici. Je pensais que tu retournerais en Patazonie.

Elle secoua la tête.

— Je n'ai aucune raison de retourner là-bas. Ma mère était ma seule famille et maintenant qu'elle est partie, je suis seule. Je me plais ici et j'ai noué des contacts à Florence. J'espère pouvoir y trouver un emploi.

Enzo resta étrangement silencieux. Se sentait-il mal

parce qu'elle devait chercher une nouvelle maison ? Cela ne l'empêcha pas de parler au vendeur, qui lui confirma que l'appartement était vacant et lui remit la clé en l'autorisant à monter à l'étage pour jeter un coup d'œil.

Et ce fut exactement ce qu'elle fit, Enzo toujours sur ses talons. L'appartement n'avait rien de chic, rien du tout. Il aurait besoin d'une couche de peinture, mais il était propre et, avec un peu de travail, il pourrait être assez confortable.

— Tu sais que le robinet de la cuisine va devoir être remplacé, fit remarquer Enzo.

— Je vais en parler au propriétaire.

— Et la porte de la chambre ferme mal.

Elle ne dit rien tandis qu'Enzo continuait de souligner les défauts de l'appartement, car elle ne voyait que ses qualités et surtout, les possibilités que cette indépendance lui offrirait. Elle avait besoin de ça pour s'en sortir. Elle avait besoin d'aller de l'avant.

Il y avait une fenêtre au-dessus de l'évier de la cuisine, pour laisser entrer le soleil du matin, de petites étagères sur les murs du salon où elle pourrait placer le portrait de sa mère et une photo de son endroit préféré, au bord du ruisseau, dans la propriété des Bartolini. Peu à peu, elle pourrait mettre sa touche personnelle sur l'endroit, et s'y sentir comme chez elle… Comme dans la maison qu'elle occupait au domaine.

L'idée de quitter cet endroit magique la rendait triste. Elle n'arrivait pas à croire qu'elle s'y était sentie si vite à l'aise. Peut-être était-ce le cadre champêtre, ou la présence de son hôte ? Son regard se porta sur Enzo, occupé à examiner un placard. Il allait lui manquer, et elle regretterait les repas partagés, le café du matin dans la véranda et leurs discussions.

Elle chassa bien vite les larmes qui lui montaient aux yeux. Elle n'était pas très émotive, mais depuis qu'elle avait appris qu'elle allait perdre sa maison et son entreprise, elle avait du mal à dissimuler ce qu'elle ressentait.

— Es-tu prête à partir ? demanda Enzo.

Elle jeta un dernier regard au petit appartement, puis déclara en hochant la tête :

— Rentrons à la maison !

Une fois les fleurs disposées dans la voiture, Enzo reprit la route du domaine pendant que Sylvie admirait par la fenêtre le magnifique paysage. Ce n'étaient pas les grands cyprès qui bordaient la route ou les collines qui retenaient son attention, mais la lutte qui faisait rage en elle… Devait-elle convaincre Enzo de changer d'avis ou limiter les dégâts pour elle et déménager à Florence maintenant ? Plus vite elle y serait, plus vite elle accepterait la réalité de sa situation : elle n'avait aucun avenir avec Enzo.

Elle concentra ses pensées sur ce qui l'attendait à Florence. L'appartement, au cœur de la ville, offrait un emplacement superbe. Et de plus, il était meublé. L'argent qu'elle économiserait grâce au loyer modeste et au fait de ne pas avoir à acheter de meubles lui permettrait de faire fructifier ses économies jusqu'à ce qu'elle trouve un emploi.

Mais elle se rappela aussi que c'était elle qui avait invité le journaliste du magazine à visiter la propriété. Elle devait rester pour le guider à travers le vignoble, puis elle passerait à autre chose, même si cela devait être difficile pour elle.

# 11.

Le grand jour était arrivé.

Les louanges et les compliments pleuvaient, mais Enzo ne pensait qu'au petit appartement de Florence, où Sylvie envisageait de vivre. Il était beaucoup plus petit que la maison du domaine, et il avait besoin de beaucoup de travaux.

Il savait que tout cela n'était qu'une excuse. La vérité, c'est qu'il ne voulait pas qu'elle s'y installe. Il ne voulait pas qu'elle soit si loin et pourtant, il ne pouvait pas lui demander de rester ici, avec lui. Parce que bientôt, il ne serait plus propriétaire de ce lieu. Mais pouvait-il lui proposer de venir en France avec lui ? Impossible.

— C'est magnifique…

Le journaliste, Jameson Asaro, semblait plus intéressé par Sylvie que par l'exploration du vignoble.

— Je pense que nous avons tout ce qu'il nous faut pour publier un reportage.

— Vous êtes sûr ? demanda Sylvie.

— Vous avez été un excellent guide, répondit Jameson avec un sourire. J'ai vraiment apprécié votre compagnie.

Sylvie rougit légèrement.

— Merci.

Mécontent du tour que prenait cette conversation, Enzo s'éclaircit la gorge en vérifiant l'heure. Il était temps de faire avancer cette interview.

— Vous savez, c'est le père d'Enzo qui a construit tout ça, expliqua Sylvie. N'est-ce pas, Enzo ?

Il savait qu'elle essayait de le faire parler, mais il n'aimait pas ce type ni sa façon de flirter avec elle.

— Hum, oui, finit-il par répondre. À l'époque où il a hérité ces terres de mon grand-père, elles étaient en friche. Mon père a tout construit, ici.

— Mais vous savez vinifier les raisins, non ?

— Oui. J'ai été formé en France.

— Comment avez-vous fait pour vivre en France et travailler ici ?

— J'avais commencé à étudier la viticulture avant de m'installer en France. Et, bien que mon père et son équipe aient été chargés de l'entretien quotidien du domaine, je rentrais régulièrement à la maison pour superviser le travail du chai.

— Vous et votre père avez donc dû travailler en étroite collaboration ?

Enzo se rappela soudain le temps passé avec son père. Au début, celui-ci était réfractaire à ses idées mais au fil des ans, et au fur et à mesure qu'il avait gagné en expérience, il lui avait demandé conseil. C'était un sentiment merveilleux, qui l'avait rendu très heureux.

— Oui, en effet, dit-il avec un sourire songeur.

Le journaliste continua :

— Alors pourquoi être parti en France ? Pourquoi ne pas être resté travailler ici avec votre père ?

— Mon père voulait que j'apprenne à être indépendant.

— Donc vous avez toujours eu l'intention de revenir ici, n'est-ce pas ?

Il ne voyait pas où ces questions le menaient, et regretta d'avoir accepté l'entretien. Il n'avait pas envie de revenir sur ses relations avec son père, ne voulait pas reconnaître qu'il était parti de lui-même afin de revenir au vignoble Barto avec une solide expérience pour le faire prospérer. Et un jour, son père lui avait remis les rênes, lui confiant le travail de toute sa vie.

— Oui.

Secouant la tête pour chasser ces souvenirs, Enzo ajouta d'un ton un peu trop abrupt :

— J'aimerais vous faire visiter le domaine à cheval. C'est la seule vraie façon de découvrir cet endroit. Vous m'accompagnez ?

Les questions du journaliste avaient ouvert des portes sur le passé d'Enzo, mais cela serait-il suffisant pour changer le cours de l'avenir ?

Sylvie retenait son souffle. Comment cela allait-il se passer ?

Soudain, elle comprit qu'Enzo avait planifié la randonnée à cheval de son propre chef, sans même la consulter. S'il ne se souciait pas du domaine et s'il était si pressé de se débarrasser de son visiteur, aurait-il pris la peine de faire cela ? Aurait-il même accepté l'interview ?

Alors qu'ils grimpaient en selle, elle ne put retenir un sourire satisfait. Enzo ne voulait peut-être pas l'admettre, mais il était attaché à cette propriété. Parler de la vendre et passer à l'acte étaient deux choses différentes, et elle ne le croyait pas capable de tirer définitivement un trait sur son passé.

Une fois le journaliste et le photographe montés sur deux des chevaux les plus doux de l'écurie, Sylvie prit Duchesse et Enzo, Empereur. Quand celui-ci prit la tête, elle se demanda avec curiosité où il allait les mener. Il ne lui fallut pas longtemps pour comprendre qu'il les conduisait à son endroit préféré, près du ruisseau.

— Vous possédez toutes ces terres ? demanda le journaliste.

— Oui.

— C'est très pittoresque, dit Sylvie. J'aime venir ici pour profiter de la beauté tranquille du paysage, quand j'ai besoin de me détendre.

— Depuis combien de temps travaillez-vous au domaine ? demanda Jameson.

— C'est ma première année. Et pourtant, j'ai l'impression d'être ici depuis beaucoup plus longtemps. Je suis tombée amoureuse de cet endroit dès le premier regard.

*Et de son propriétaire, aussi*, ajouta-t-elle pour elle-même, prise d'une soudaine émotion.

Brrr !

L'instant d'après, Duchesse s'arrêta brusquement. Avant que Sylvie puisse réagir, la jument se cabra. Elle s'accrocha aux rênes et serra les jambes, mais elle n'avait pas assez de force pour résister aux mouvements de sa monture.

Au moment où elle tombait, elle entendit Enzo crier son nom.

Sylvie atterrit sur le sol dur avec un bruit sourd, et Enzo sentit l'air s'échapper de ses poumons.

Il se précipita. Un instant étourdie, elle revint à elle tandis qu'il la prenait par les épaules. Très vite, elle se releva. Elle était plus inquiète pour le cheval, qui avait été effrayé, que pour elle-même.

Enzo avait usé de toute sa force de conviction pour qu'elle accepte qu'il la conduise aux urgences. Quand il lui avait fait remarquer qu'elle avait perdu connaissance, elle avait cédé à contrecœur mais insisté sur le fait qu'aucune ambulance n'était nécessaire.

Maintenant, sur le lit où elle patientait depuis près d'une heure, Sylvie commençait à s'agiter. Il ne pouvait pas lui en vouloir.

— C'est idiot d'attendre ici. Je me sens très bien, je t'assure. Partons !

— Pas question !

Elle soupira, résignée. De toute façon, elle ne pourrait pas sortir d'ici tant que le médecin ne l'aurait pas examinée.

Un étrange silence s'installa entre eux, et Enzo s'assombrit en songeant qu'il aurait pu la perdre. L'idée d'un monde, son monde, sans Sylvie, lui paraissait inimaginable. Comment survivre sans son sourire lumineux, sa voix, sa présence sereine ?

— Je suis désolée, Enzo…

Elle avait parlé si bas qu'il n'était pas sûr de l'avoir bien entendue.

— Mais pourquoi ?

— Pour avoir gâché ton interview pour le magazine. Je n'imagine pas ce qu'ils doivent penser…

Il se fichait de ce qu'ils pensaient ! La seule chose importante était son bien-être à elle. Mais il n'en dit rien pour ne pas la blesser. C'est elle qui avait organisé ce rendez-vous et travaillé pour que le domaine apparaisse sous son meilleur jour.

— Tout va bien se passer, ne t'inquiète pas.

— Madame DeLuca ?

Un médecin qu'ils n'avaient jamais vu auparavant venait d'entrer dans le box.

— Oui.

— Je suis le Dr Costa, dit le vieil homme en blouse blanche en lui tendant la main. Monsieur ?

— Enzo Bartolini. Je suis euh… l'ami de Mme DeLuca.

Le médecin fit un signe de tête dans sa direction.

— Si vous voulez bien aller dans la salle d'attente, j'aimerais parler à Mlle DeLuca seul à seule.

— J'aimerais qu'il reste, dit Sylvie. Il ne croira jamais que je vais bien tant qu'il ne l'aura pas entendu de votre bouche.

Les sourcils touffus du médecin se rapprochèrent derrière ses lunettes à monture argentée.

— Très bien.

Le médecin lui aurait-il demandé de quitter la pièce si tout allait bien ? se demandait Enzo, de plus en plus nerveux.

Le praticien s'adressa de nouveau à Sylvie.

— Vous avez fait une sacrée chute et vous avez une

légère commotion cérébrale. Vos autres examens se sont bien passés. Avez-vous des crampes ?

Sylvie le regarda, perplexe.

— Non.

— Des saignements ?

— Non, répondit-elle d'une voix légèrement tremblante.

— Très bien. Maintenant, je vais vérifier que tout va bien avec le bébé.

Enzo se sentit blêmir. Le bébé ? Quel bébé ? Il devait y avoir erreur…

Il se tourna vers Sylvie, très pâle elle aussi. À en juger par son regard écarquillé, elle était aussi surprise que lui par ce diagnostic.

— Allez vous installer dans la salle d'attente, s'il vous plaît, dit le médecin alors qu'une infirmière s'avançait vers le lit. Ce ne sera pas long.

Enzo ouvrit la bouche pour parler, mais aucun son n'en sortit.

Comment cela s'était-il produit ?

Quelle question stupide ! Il se rappelait très clairement comment cela s'était produit. Jusqu'au moindre détail.

Les jambes en coton, il quitta la chambre.

Elle était enceinte !

Le choc n'était pas aussi grand que Sylvie l'aurait cru. Peut-être parce que, au fond d'elle-même, elle s'en doutait. Elle ne s'était tout simplement pas autorisée à l'admettre. Après tout, quels étaient les risques de se retrouver enceinte la première fois qu'on faisait l'amour ? Très faibles, cela, elle le savait.

En effet, ce diagnostic expliquait ses symptômes, de ses seins sensibles à ses maux de ventre, en passant par ses émotions exacerbées. Et si elle avait consulté son agenda, elle aurait probablement remarqué que son cycle avait du retard…

Une fois son examen terminé, le médecin annonça :

— Tout semble bien aller. Mais vu la gravité de votre chute, j'aimerais faire une échographie.

— Je pourrai… voir le bébé ? murmura-t-elle, au comble de l'émotion.

Le médecin hocha la tête.

— Et nous devrions pouvoir entendre ses battements de cœur. Voudriez-vous que le papa assiste à l'examen ?

Elle acquiesça en silence.

— Dès que vous serez prête, quelqu'un ira le chercher. Une consœur devrait arriver sous peu.

Puis, le médecin la laissa seule, en proie aux pensées contradictoires qui tourbillonnaient dans son esprit, mais pouvaient se résumer en ces mots : qu'allait-elle faire maintenant ?

# 12.

Concentré sur l'écran gris strié de blanc, Enzo essayait de distinguer l'image d'un bébé.

Comment allait-il pouvoir devenir père alors qu'il n'avait même pas encore mis de l'ordre dans sa propre vie ?

La jeune médecin en blouse rose fit quelques ajustements, puis désigna le moniteur.

— Voici votre bébé.

— Pouvez-vous dire si c'est un garçon ou une fille ?

— C'est encore trop tôt. Nous le verrons au cours de votre deuxième trimestre.

Bouleversée, Sylvie se tourna vers Enzo.

— Il est si petit ! J'espère que je ne lui ai pas fait mal en tombant.

Enzo voulait la rassurer, lui dire que tout irait bien, mais il ne pouvait pas lui faire cette promesse. Au lieu de cela, il prit sa main dans la sienne.

— Voulez-vous entendre les battements de cœur ? demanda la médecin.

— Oh ! oui ! S'il vous plaît !

Soudain, un bruit sourd très rythmé envahit la pièce.

— C'est le cœur de votre bébé. Il bat plus vite que celui d'un adulte.

Incapable de penser clairement, Enzo prenait peu à peu conscience de la réalité de cette situation.

Lui et Sylvie allaient avoir un bébé !

Cela n'aurait pas dû arriver. Le moment était mal choisi. Et la situation beaucoup trop compliquée…

Ces mots résonnèrent dans son esprit pendant tout le trajet de retour. Ce fut un voyage particulièrement calme. Sylvie avait à peine prononcé un mot depuis qu'ils étaient montés dans la voiture. Était-elle aussi stupéfaite que lui ? Ou savait-elle depuis le début ? Était-ce pour cela qu'elle était si heureuse d'entendre battre le cœur du bébé ?

Il n'avait pas eu besoin de lui demander si cet enfant était le sien. Le fait qu'elle ait été vierge jusqu'à leur nuit à Paris suffisait à répondre à sa question. Cette nuit-là, ils avaient commis une erreur, qui se révélait lourde de conséquences…

Que faire, maintenant ? se demandait-il en entrant dans la maison d'hôtes, où Sylvie le précédait. Elle avait refusé qu'il la porte et pourtant, le médecin lui avait recommandé d'éviter de marcher. Mais elle était tellement têtue !

Une fois à l'intérieur, elle s'installa sur le canapé, où il la rejoignit. Puis, mal à l'aise, il se leva d'un bond et commença à arpenter la pièce.

Il avait des questions, beaucoup de questions. Mais il ne savait pas si c'était le bon moment pour les poser.

— Parle-moi, dit soudain Sylvie.

Il s'arrêta et se tourna vers elle.

— Depuis combien de temps le sais-tu ? demanda-t-il en la fixant.

— Je n'ai pas menti. Je le jure. J'ai appris la nouvelle en même temps que toi !

Il passa les doigts dans ses cheveux.

— Ça change tout.

Elle lissa un pli inexistant sur son chemisier.

— Je ne veux pas que ça influence ta décision.

Sa décision ? Faisait-elle référence au bébé ? Ou pensait-elle déjà au mariage ?

— Je ne veux pas que tu gardes le domaine par devoir.

Il recommença à arpenter la pièce. Pour l'instant, il ne

pouvait pas prononcer les mots de réconfort qu'elle voulait entendre. Il avait besoin de temps pour réfléchir.

— Nous parlerons demain, dit-il. Il se fait tard. Tu veux quelque chose à manger ?

Elle secoua la tête.

— Non, merci.

Sylvie se leva.

— Je vais te libérer.

Il secoua la tête.

— Je n'irai nulle part. Je dormirai ici, sur le canapé.

— Mais… il est trop petit pour toi.

— Ça va aller. Et je veux être tout près au cas où tu aurais besoin de quelque chose. Après tout, tu as une commotion cérébrale.

— Très légère…

— Oui, mais tout de même…

Elle ouvrit la bouche pour protester, mais renonça, certaine de perdre la bataille. Elle posa une couverture et un oreiller sur le canapé.

— Tu auras besoin de ça.

— Merci.

Elle s'éloigna. Il aurait voulu la poursuivre, la prendre dans ses bras et la serrer contre lui, s'assurer qu'elle allait vraiment bien. Mais il ne bougea pas. Il n'avait pas le droit de la toucher – même si elle portait son bébé.

# 13.

La nuit fut agitée.

Et la matinée n'était pas bien meilleure car Sylvie avait mal partout, y compris à quelques endroits dont elle ignorait jusque-là l'existence. Mais elle refusait de se laisser abattre. L'essentiel, c'était que le bébé aille bien.

Le bébé…

Ces deux mots qui avaient changé sa vie tournoyaient sans relâche dans son esprit, accompagnés d'un sentiment de crainte.

Elle posa la main sur son ventre encore plat. Il était si difficile de s'imaginer qu'une vie grandissait à l'intérieur et pourtant, c'était vrai. Elle l'avait vu de ses propres yeux. Et Enzo aussi.

Enzo…

À quoi pensait-il ? La veille, on aurait dit que la terre allait s'ouvrir sous ses pieds, mais elle n'avait aucune idée de l'humeur dans laquelle il serait aujourd'hui.

Elle prit une douche rapide et s'habilla. En sortant de la chambre, elle vit Enzo se précipiter dans sa petite cuisine sans paraître la remarquer. À en juger par le désordre qui régnait sur le comptoir lorsqu'elle y entra à son tour, elle se dit qu'il n'était sans doute pas un cordon-bleu.

Elle s'installa dans le petit salon et alluma sa tablette pour voir l'article publié par le magazine. Peut-être que cela changerait l'humeur d'Enzo, qui pourrait alors envisager un avenir au domaine ?

Mais la première chose qui apparut à l'écran fut une horrible photo d'un incendie – un feu de forêt avait ravagé une région voisine. Dans ces circonstances, elle supposa que la parution de l'article sur le vignoble serait repoussée, mais cela ne l'empêcha pas de faire défiler la page.

En bas, elle repéra une photo d'elle et d'Enzo, parmi les vignes, les yeux dans les yeux, comme s'ils étaient amants, avec ce titre : *Le milliardaire italien Enzo Bartolini a-t-il enfin trouvé l'âme sœur ?*

Elle hoqueta sous l'effet de la surprise.

— Sylvie, qu'est-ce qui se passe ? C'est le bébé ?

Elle prit alors conscience qu'Enzo était accouru. Elle lui tendit la tablette.

— Je suis désolée, articula-t-elle d'une voix blanche. Je ne savais pas qu'ils étaient là pour faire un article de ce genre. Si j'avais su, je n'aurais jamais accepté la visite.

— Ce n'est pas ta faute. C'est celle de ce maudit journaliste ! gronda Enzo.

— Tu n'es pas en colère contre moi ?

— À propos de l'interview ? Mais non, voyons !

— Et… pour le bébé ?

— Tu es tombée enceinte intentionnellement ? demanda-t-il en plantant le regard dans le sien.

— Non ! Je ne ferais pas une chose pareille.

— Alors je n'ai aucune raison de t'en vouloir. Mais je m'en veux d'avoir laissé les choses déraper et de nous avoir mis tous les deux dans cette position difficile.

Elle lui toucha le bras.

— Mais non, c'est moi qui ai commencé…

— Pas du tout, c'est moi qui…

— Arrête ! coupa-t-elle d'une voix ferme. Nous n'allons pas jouer au jeu des reproches. Ce qui est fait est fait et il faut aller de l'avant, maintenant.

Enzo soupira en se frottant la nuque.

— Tu as raison. Pourquoi ne pas commencer par le petit déjeuner ?

— Pas encore. Nous n'avons pas fini de parler. Dis-moi juste ce que tu veux que je fasse.

— Je n'attends rien de toi.

— Sauf de ne pas vendre la propriété…, répliqua Enzo en fronçant les sourcils. Puis-je savoir pourquoi tu te soucies tant de savoir si je garderai cet endroit ou non ?

— Parce qu'il y a quelque chose dans ce domaine… qui m'attire. C'est si facile d'imaginer tous les souvenirs heureux qui peuplent la villa ! C'est quelque chose que beaucoup de gens recherchent toute leur vie. Mais toi, tu as tout, sous la main…

— Cette maison est pleine de mensonges. Elle est mon plus grand échec.

Elle hésita un instant, puis le regarda droit dans les yeux.

— Un peu avant la mort de ma mère, j'étais tellement en retard dans les paiements que seule la bonne volonté de la banque a permis que nous restions chez nous. Mais après cela, je me suis retrouvée sans abri. Je ne savais pas où dormir. Pourtant, grâce à des amis extraordinaires, je n'ai passé qu'une nuit ou deux sans toit.

— Tu ne m'avais jamais dit ça…

— Je ne l'ai jamais dit à personne. Ce n'est pas quelque chose dont je suis fière.

Il chercha son regard et dit avec force :

— Tu n'as pas à avoir honte. En fait, tout ce que tu as fait pour ta mère a demandé une énergie et un amour incroyables. Ça ne s'est pas terminé comme vous le vouliez, mais tu as été remarquable.

Soulagée malgré elle, elle répliqua :

— Merci, mais j'ai fait ce que j'avais à faire, rien de plus.

Le mariage était terminé.

Les invités étaient partis, et la villa avait été remise en état.

La fin d'après-midi du samedi avait été un moment doux-amer pour Sylvie, car même si le mariage avait connu un succès retentissant, c'était aussi le dernier qu'elle organisait dans la propriété des Bartolini…

Elle avait besoin d'un peu d'air frais pour évacuer toutes ces émotions, songea-t-elle. Cela lui permettrait de faire le point sur ce qu'il lui resterait à faire, une fois installée à Florence. Car dès le lendemain matin, elle devrait partir…

Enzo serait là pour le bébé, elle n'en doutait pas, mais il ne serait plus pour elle l'ami proche qu'il était devenu au cours de l'année qui venait de s'écouler. Et c'était peut-être mieux ainsi. Parce que si elle devait laisser un homme entrer dans sa vie, elle voulait qu'il soit là par amour et non par obligation.

Son sac sur l'épaule, Sylvie se rendit à l'écurie. L'odeur du foin et des chevaux la rasséréna. L'équitation était l'une de ses passions depuis qu'elle était arrivée au domaine. Enfant, elle avait toujours rêvé d'avoir son propre cheval, mais sa mère n'avait pas les moyens de lui en offrir un.

Dès qu'elle entra dans son box, Duchesse la salua. C'était une jument douce et patiente, le premier cheval que Sylvie avait appris à monter lorsqu'elle était arrivée en Toscane. Mais malheureusement, elles ne pouvaient pas faire une dernière promenade ensemble.

— Je suis désolée, ma fille, dit Sylvie en flattant l'encolure de l'animal. Tu vas me manquer, tu sais, ma belle…

Le cœur lourd, Sylvie s'éloigna et continua à marcher. Le soleil se couchait à l'horizon lorsqu'elle arriva à son endroit préféré du domaine. Le petit ruisseau serpentait à travers les prairies, avec en arrière-plan de belles collines ondoyantes.

Elle sortit un petit plaid de son sac et l'étala devant un gros rocher, où elle s'adossa pour admirer la beauté du paysage. Apaisée, elle sortit son carnet de croquis et sa trousse de crayons pour terminer la robe de mariée qu'elle était en train de dessiner. Enfant, elle aimait dessiner et colorier des robes de princesse. Plus tard, elle avait affiné son trait pour concevoir de somptueuses tenues de cérémonie. Au début, elles étaient plutôt sobres, puis elles étaient devenues plus sophistiquées au fil du temps. Bonne couturière, sa mère lui avait volontiers prodigué ses conseils, sans penser qu'elle pourrait un jour créer sa propre ligne de vêtements…

— Sylvie ?

Elle sentit un nœud se former dans sa gorge, et découvrit Enzo qui descendait de son étalon noir, Empereur.

— Sylvie, tout va bien ? On dirait que tu viens de voir un fantôme.

Il lui fallut un moment pour retrouver l'usage de sa voix.

— Je vais bien. J'étais juste… concentrée sur quelque chose.

— Désolé. Je ne voulais pas te faire peur, s'excusa-t-il avec un sourire.

— Ce n'est rien. Que voulais-tu ?

— J'ai entendu dire que tu étais à l'écurie et puis tu as disparu. Je voulais voir comment tu allais. Et je savais qu'Empereur aimerait faire un tour. Mais je peux te laisser, si tu préfères.

— Non. Discutons un peu, si tu veux…

# 14.

Une fois qu'il l'eut rejointe sur la couverture, Enzo jeta un coup d'œil à son carnet de croquis. Elle aurait voulu le refermer, mais cela lui semblait impoli et elle ne voulait pas le vexer.

Elle le regarda tandis qu'il étudiait ses dessins. Leur bébé serait-il un garçon ou une fille ? Elle aimait l'idée d'avoir un petit garçon – qui serait le portrait craché de son père, avec ses cheveux souples et ses traits réguliers. Le bébé hériterait-il du regard pénétrant d'Enzo, ou plutôt de ses yeux clairs, à elle ? Elle avait tant de questions !

Sylvie se demandait si Enzo était aussi curieux qu'elle à propos de leur enfant. Ils ne formaient peut-être pas un couple, mais cela ne signifiait pas qu'elle ne voulait pas de lui dans la vie de leur enfant.

En fait, Sylvie, qui n'avait pas connu son père, tenait beaucoup à ce qu'Enzo fasse partie intégrante de la vie de leur enfant – ce qui était une autre raison pour laquelle elle souhaitait qu'il change d'avis sur la vente du domaine. Elle l'avait déjà entendu dire que s'il ne vivait pas ici, il retournerait probablement en France, si loin qu'il ne verrait leur enfant qu'une fois de temps en temps…

— Je ne savais pas que tu avais des talents de styliste, dit Enzo, la tirant de sa rêverie.

— Oh ! c'est juste une esquisse. Ce n'est pas grand-chose…

— Je ne suis pas d'accord. Cette robe est une véritable

œuvre d'art. Cela représente un marché important, tu le sais, n'est-ce pas ?

Elle se sentit rougir.

— Merci.

— Puis-je regarder cela de plus près ? Tu en as d'autres ?

— Oui, bien sûr…

Elle n'aurait jamais pensé qu'elle se sentirait aussi exposée en montrant ses dessins à quelqu'un. C'était comme de partager un morceau de son âme… Et si Enzo n'appréciait pas ce qu'il voyait ?

Il tournait page après page, faisant défiler corsages, détails de broderie, silhouettes…

— C'est vraiment impressionnant.

— Tu exagères…

Il leva les yeux vers elle.

— Non, je t'assure que tu as beaucoup de talent. Pourquoi organises-tu des mariages au lieu de signer des robes ?

Elle secoua la tête, rejetant cette idée qu'elle trouvait ridicule. Dans son esprit, elle entendit l'écho de la voix de sa mère : « Ce n'est qu'un passe-temps, rien d'autre. Ne te fais pas d'illusions. »

Il se tut un instant en tournant les pages, puis demanda :

— Tu as une robe de mariée dans ton salon, n'est-ce pas ? Sur un mannequin.

— Oui. Elle n'est pas terminée.

— Ce n'est pas la première que tu aies cousue, n'est-ce pas ? Puis-je voir les autres ?

— Je ne les ai plus.

Il eut l'air surpris.

— Et où sont-elles ?

— Je les ai vendues…

Elle baissa le regard, envahie par un soudain malaise en repensant à la tristesse qu'elle avait ressentie en devant se séparer de sa toute première création.

— J'ai l'impression que tu ne l'as pas fait de ton plein gré.

Elle secoua la tête.

— Non. J'ai dû les vendre pour payer les factures médicales de ma mère.

— Oh. Je suis désolé…

— Ce n'est pas un secret. Quand ma mère est tombée malade, je travaillais dans une boutique de mariage. Ils vendaient des robes et des accessoires et organisaient les cérémonies.

— Et c'est comme ça que tu as obtenu le poste d'assistante de Bianca ?

— Oui. J'ai gravi les échelons, mais je n'ai jamais su qui m'avait recommandée au palais royal.

— Je comprends pourquoi, en tout cas. Tu es très organisée et tu as un bon relationnel.

— J'essaie. Ce n'est pas toujours facile.

— Mais ton vrai talent est ici ! ajouta-t-il en désignant son carnet de croquis. Tu as mis tellement de toi-même dans ces robes. Ça a dû être horrible de t'en séparer.

— Oui, mais je le referais pour aider quelqu'un que j'aime. Je peux créer de nouvelles robes, mais les gens, eux, sont irremplaçables.

— Je… ne voulais pas te faire de peine, murmura-t-il, confus.

— Ce n'est pas ta faute. Je pensais juste à ma mère. J'ai l'impression de l'avoir laissée tomber.

— Je suis sûr que ce n'est pas le cas. Tu as un cœur d'or et je serais prêt à parier tout ce domaine que tu as fait tout ce que tu pouvais pour elle et qu'elle le savait.

Sylvie prit un pull dans son cabas, et l'enroula autour de ses épaules.

— Je regrette de ne pas avoir pu être plus souvent à ses côtés lorsqu'elle était malade, mais il fallait que je continue à travailler pour payer les factures et garder un toit au-dessus de nos têtes.

Enzo posa la main sur la sienne et la serra.

— Nous avons quelque chose en commun, tu sais.

Elle ne retira pas sa main, car cette chaleur la réconfortait.

— Qu'est-ce que c'est ?

— J'ai l'impression d'avoir laissé tomber mes sœurs. Après la mort de nos parents, j'étais censé les protéger, leur rendre la vie plus facile. Et pourtant, j'ai fait exactement le contraire.

— Tu leur as parlé ? Tu leur as dit ton secret ?

Il fixa son regard au loin.

— Je ne peux pas. Elles ne pourraient pas comprendre.

— Donne-leur une chance. Tu pourrais être surpris.

Enzo la dévisagea.

— Pourquoi t'en soucies-tu autant ?

Le cœur de Sylvie se mit à battre la chamade. Soupçonnait-il quels sentiments elle nourrissait pour lui ?

— Je pense que tu ne pourras jamais te pardonner et faire la paix avec le passé sans être honnête avec tes sœurs.

— Peut-être, mais tout leur dire est un risque trop grand. Je ne pourrais pas supporter une rupture.

— Elles t'aiment, assura Sylvie. Cela ne changera pas.

— Mais j'aurais pu faire plus…

— Tu as fait de ton mieux, c'est l'essentiel.

Quand il la regarda, elle comprit : il avait décidé de vendre le domaine pour échapper à la douleur.

À ce moment-là, elle ne songea qu'à le réconforter. Sans réfléchir, elle se pencha vers lui et posa ses lèvres sur les siennes.

Enroulant un bras autour de sa nuque, elle glissa les doigts dans ses cheveux épais et sombres. Elle avait cru que tout ce qu'ils avaient partagé était désormais derrière elle, mais elle s'était trompée. En cet instant, elle se sentait plus que jamais proche de lui, et loin, très loin de toute pensée rationnelle…

Ici, sous le soleil couchant, dans les bras d'Enzo, les souffrances du passé et l'inquiétude pour l'avenir n'avaient plus d'importance.

Alors que leur baiser s'intensifiait, elle eut l'impression de flotter au-dessus du sol. Elle s'allongea sur la couverture, l'entraînant avec elle…

Soudain, un hennissement retentit, suivi d'un bruit de sabots, et Enzo s'éloigna avec un gémissement frustré.

— Quelque chose ne va pas ? demanda-t-elle.

— Non, tout va bien, mais j'ai l'impression qu'Empereur s'ennuie.

Il lui tendit la main pour l'aider à se relever et dit sans préambule :

— Sylvie, j'ai décidé de ne pas vendre le domaine. J'ai essayé de téléphoner à l'acheteur, mais je n'ai pas réussi à le joindre. Je le lui dirai quand il arrivera demain.

— Ne fais pas ça.

— Mais… N'est-ce pas toi qui voulais me convaincre d'annuler cette vente ?

— Aurais-tu changé d'avis s'il n'y avait pas eu de bébé ? rétorqua-t-elle.

Enzo détourna le regard et resta silencieux.

— Vends, dit-elle. Je ne veux pas que tu le gardes et que tu me le reproches plus tard, parce que tu te sens piégé ici.

Enzo se tut pendant un moment, puis lança :

— Et si je vends, où iras-tu ?

— Je prendrai l'appartement que j'ai visité, à Florence.

— Ne pars pas, Sylvie.

— Tu veux que je reste ici pour te regarder faire la plus grosse erreur de ta vie ? Désolée, mais je préfère partir maintenant, alors que nos relations sont encore cordiales. Crois-moi, cela vaut mieux pour tous les deux.

Il fronça les sourcils.

— Je suis heureux d'apprendre que tu sais ce qui est le mieux pour tout le monde, car moi, je l'ignore ! lança-t-il avant de se lever, de grimper en selle et de partir au galop.

Les larmes aux yeux, Sylvie le regarda s'éloigner. En vérité, elle ne supportait pas de voir le domaine vendu. Pour la première fois depuis la mort de sa mère, elle se sentait vraiment chez elle quelque part, et c'est le cœur lourd qu'elle quitterait cet endroit.

Mais elle n'avait pas le choix, songea-t-elle en regardant son carnet de croquis. Elle allait trouver un emploi de couturière, stable et fiable. C'était le mieux pour elle et son bébé, auquel elle voulait offrir un cadre sécurisant, aimant. Rester plus longtemps auprès d'Enzo ne ferait que compliquer les choses, et continuer de se bercer d'illusions la ferait souffrir davantage encore.

Oui, se dit-elle, résolue, il était temps qu'elle parte – pour de bon.

# 15.

Sylvie était partie.

C'était pour le mieux.

Du moins Enzo essayait-il de s'en convaincre. Mais il pourrait aller la voir quand il le voudrait, n'est-ce pas ? Après tout, quand la propriété serait vendue, il déménagerait à son tour. Mais maintenant, avec l'arrivée du bébé, il avait abandonné le projet d'aller en France. C'était beaucoup plus loin de Sylvie et du bébé qu'il ne le souhaitait.

Malheureusement, elle avait disparu avant qu'ils aient eu le temps de régler l'avenir et de prendre des dispositions concernant le bébé. Il aurait voulu l'empêcher de partir, mais qu'avait-il à lui offrir ? Sa vie était un désastre. Il ne savait même pas où il allait vivre le mois suivant !

À cause d'une météo capricieuse, M. Renezo, l'acheteur, était arrivé avec un jour de retard et avait profité de tout ce qui se trouvait dans la propriété – avant que les vents et les incendies qui ravageaient la région se rapprochent dangereusement du domaine Bartolini. Les efforts de lutte contre l'incendie avaient été entravés par des rafales qui avaient fait sauter les lignes coupe-feu.

Dans la salle de dégustation, Enzo venait de s'asseoir avec M. Renezo et leurs notaires respectifs pour signer les documents de vente. Enzo n'avait pas mangé de la journée, et son estomac criait famine. De plus, il souffrait d'un mal de tête persistant, sans doute parce que les paroles de Sylvie ne cessaient de le harceler.

Bien que l'incendie ait troublé M. Renezo, il était toujours prêt à acheter le domaine. Restait à régler les détails. Le problème était que M. Renezo ne voulait pas garder la propriété telle quelle. Il avait l'intention de détruire de nombreux bâtiments que le père d'Enzo avait construits, y compris la petite maison où Sylvie avait séjourné. Même la demeure principale ne serait pas reconnaissable lorsqu'il aurait terminé ses travaux, effaçant toute trace de la famille Bartolini.

Réalisant soudain qu'il avait besoin d'une pause avant de pouvoir répondre aux questions de M. Renezo, Enzo sortit du chai. Un soupçon de fumée flottait dans l'air, et il sentit la nostalgie le gagner comme un des dictons de son père lui revenait en mémoire : « Le changement n'est pas facile, mais il est nécessaire. » Oui, il devait simplement continuer à avancer jusqu'à ce que l'affaire soit conclue. Tout s'arrangerait alors…

En voyant Vito accourir vers lui, le visage rongé par l'inquiétude, Enzo sentit son cœur manquer un battement. Le feu avait-il atteint la propriété des Bartolini ?

— L'incendie s'aggrave. Avez-vous de la place pour loger une autre famille ? demanda Vito, qui avait écourté ses vacances en apprenant la catastrophe.

Enzo se passa la main dans les cheveux. Il avait recueilli des familles évacuées sur ordre des autorités régionales, et il avait encore un bâtiment inoccupé, dont il pourrait faire bon usage.

— Mettez-les dans ma maison, dit-il. Je dormirai au campement, avec l'équipe d'ouvriers.

Avec un soupir résigné, Enzo se tourna vers la porte. Il était temps de retourner à l'intérieur et de signer le contrat de vente – tant que le feu n'avait pas ravagé le domaine.

M. Renezo leva les yeux quand Enzo entra dans la pièce, et demanda :

— Tout va bien ?

Enzo fit un signe de tête.

— Pour le moment, du moins. Nous devrions signer le contrat de vente.

— Souvenez-vous que mon avocat a ajouté une clause stipulant que si le feu détruit la propriété, cet accord est nul et non avenu…

— Je sais, dit Enzo. Signons…

Il avait besoin d'en finir et le plus tôt serait le mieux. Comme il levait le stylo pour apposer sa signature, l'image de Sylvie surgit dans son esprit. Elle secouait la tête en signe de désapprobation. Elle ne comprenait pas son désir, son besoin d'oublier le passé et de se tourner vers l'avenir. Un nouveau départ, avec un bébé. Leur bébé… Il s'occuperait de leur enfant, et il n'y aurait plus de secrets…

Tout à coup, Vito fit irruption dans la pièce et à la pâleur distincte de son visage, Enzo comprit que les choses avaient empiré.

— Il faut partir. Le feu se dirige droit sur nous !

À ce moment, Enzo se demanda si c'était sa punition pour toutes les erreurs qu'il avait commises avec ses sœurs, avec le domaine – avec Sylvie. Le choix de rester ou de partir allait-il lui échapper ? Son passé allait-il partir en fumée ?

Dans l'instant qui suivit, il refusa de laisser les flammes décider de l'avenir de sa propriété. Il allait arrêter le feu, protéger cette terre qui lui avait été laissée, si riche en souvenirs…

Et puis il pensa à Sylvie. C'était ici qu'il l'avait rencontrée et, pour une raison étrange, elle était très attachée à cet endroit. Et c'est pourquoi il devait faire tout ce qui devait être fait pour sauver le domaine Bartolini.

# 16.

Ce n'était pas possible…

Affolée, Sylvie jeta un coup d'œil par la fenêtre du domaine Bartolini. Toute la villa avait été fermée pour protéger ses habitants de la fumée qui s'épaississait. Heureusement, même si l'incendie menaçait maintenant la limite de la propriété, le domaine était vaste, ce qui laissait à ses occupants le temps de réagir.

Lorsque Vito l'avait appelée pour lui faire savoir que l'incendie s'était propagé et qu'il se rendait au domaine, elle avait cessé ses recherches d'emploi pour rejoindre elle aussi la propriété. Elle n'avait aucune idée de ce qu'elle pouvait faire pour aider. Elle savait simplement qu'elle devait être là pour Enzo.

Après son récent accident avec le bébé, elle ne voulait pas prendre de risques en s'approchant trop de l'incendie. Mais cela ne signifiait pas qu'elle ne pouvait pas faire la cuisine pour tous les gens délogés venus trouver refuge au domaine ou pour les hommes et les femmes qui se battaient pour le sauver.

— Avez-vous encore du pain ? demanda Anna, la femme de Vito. Les sandwichs partent vite.

— J'en ai une fournée de prête, dit Sylvie. Je ne sais pas si on peut le manger maintenant…

Anna posa sa main sur un des pains.

— Je crois que ça ira. Ces gens ont faim.

Sylvie prit un couteau et coupa le pain en fines tranches.

— Je m'en occupe.

Elle aurait voulu pouvoir faire plus que de rester là à travailler dans la cuisine.

— Ont-ils dit comment ça se passe ? Leurs efforts font-ils reculer l'incendie ?

— Ils ont dit jusqu'à présent que ça allait bien, mais ça pourrait changer si le vent se lève.

À cette perspective, elle sentit un frisson d'appréhension courir dans son dos. Puis elle songea qu'Enzo ne devrait pas faire face à ce cauchemar seul. Bien sûr, elle était là, mais elle n'était pas de la famille. Il avait besoin de ses sœurs.

Elle ne savait pas ce qu'Enzo penserait de cette ingérence, mais dernièrement, elle avait le sentiment qu'il n'avait pas les idées claires. Il était hanté par des fantômes du passé, qui lui brouillaient l'esprit. Il était peut-être temps qu'il soit entouré par les personnes qui l'aimaient, ses sœurs… et elle – même s'il ne l'aimait pas en retour.

Elle sortit son téléphone de sa poche. Elle avait le numéro de Bianca mais pas celui de Gia. Elle était certaine qu'une fois que Bianca aurait appris la nouvelle, elle appellerait sa sœur.

Sylvie s'empressa d'appuyer sur la touche « appeler » avant d'avoir pu se dissuader. Le téléphone sonna une fois, deux fois, trois fois. Elle sentit la déception l'envahir. Bianca était très occupée ces jours-ci, entre l'organisation de son mariage qui devait avoir lieu à Noël et ses nouvelles fonctions royales.

Mais on finit par décrocher et la voix de Bianca résonna dans l'écouteur :

— Bonjour, Sylvie. Qu'est-ce qui se passe ?

— Bianca, Dieu merci, tu es là ! As-tu parlé à ton frère récemment ?

— Non, pourquoi ? demanda Bianca, la voix soudain teintée d'inquiétude. Qu'est-ce qui ne va pas ?

— C'est la propriété. Il y a des feux de forêt… qui se dirigent vers la villa.

Tout avait changé.

Et cela n'était pas terminé. Sa vie évoluait à une vitesse vertigineuse…

Enzo s'arrêta et s'appuya sur la pelle qu'il avait utilisée pour aider à élargir le fossé entre son domaine et celui des voisins, où l'incendie faisait rage. Il prit un chiffon dans sa poche arrière pour essuyer son front trempé de sueur.

Il regarda le vignoble, que surmontait une légère couche de fumée. La lumière du soleil faisait scintiller les gouttelettes de rosée sur les grappes, et on aurait dit que les rangs de vigne formaient un long collier de joyaux étincelants.

Il n'y avait pas si longtemps, cet endroit était son rêve. Il était parti pour se faire un nom afin qu'à son retour, son père le prenne comme associé à part entière – en respectant son apport. Mais ce jour n'était jamais venu. Il leur avait été volé à tous les deux lorsqu'un camion de livraison avait grillé un stop…

Finalement, Enzo avait gagné le vignoble « par défaut ». Cela ne ressemblait pas à une victoire. C'était plutôt une énorme perte – la perte de ses parents, la perte de la vision idyllique qu'il avait d'eux, la perte de son amour pour ces collines ondoyantes et ces vignes luxuriantes que lui et ses sœurs avaient l'habitude d'arpenter.

Un bruit attira son attention et il jeta un regard par-dessus son épaule. Plongé dans ses souvenirs, il s'attendait à voir ses sœurs, Bianca et Gia, marcher vers lui en riant. Lorsqu'il demandait ce qui les amusait tant, elles secouaient la tête et disaient qu'il ne pourrait pas comprendre. Mais en réalité, il n'y avait personne, juste une rafale chaude qui faisait bruisser les feuilles des vignes voisines.

Bianca avait changé de vie du jour au lendemain. Dans quelques semaines seulement, elle allait devenir princesse de Patazonie ! Il n'avait tout d'abord pas cru à son histoire d'amour avec un jeune prince. En fait, il avait même essayé de les séparer après que Bianca était revenue le cœur brisé de Patazonie, où elle avait organisé un mariage royal. Mais il avait fini par comprendre qu'ils étaient vraiment faits l'un pour l'autre.

Il y avait aussi sa plus jeune sœur, Gia. Pour elle, trouver l'amour n'avait pas été simple. Apprendre qu'elle avait été trompée toute sa vie par les gens en qui elle était censée avoir le plus confiance, ses parents, l'avait dévastée. Et pourtant, c'est dans ce moment le plus sombre de sa vie qu'elle avait trouvé l'amour. Maintenant, ses deux sœurs étaient engagées dans une relation sérieuse.

Mais pas lui…

— Enzo ?

Il se retourna et découvrit Vito, debout sur le seuil. Il ne savait pas trop quoi dire à cet homme, qui était un peu comme un parent à ses yeux. Il avait fait ce que Vito lui avait demandé de ne pas faire : vendre la propriété. Enfin, presque, car à cause de l'incendie, les papiers n'avaient pas été signés.

L'inquiétude se lisait dans les yeux de Vito.

— Je voulais vous faire savoir que l'incendie avait fait rage sur la colline voisine. Il est peut-être temps d'évacuer.

— Les pompiers nous ont-ils demandé de bouger ?

— Pas encore. Ils essaient de contenir les flammes avant qu'elles arrivent jusqu'ici.

— Bien. Espérons qu'ils réussiront, dit Enzo. Dites à nos hommes, comme toujours, que c'est leur choix de rester ou de partir. Je comprendrai s'ils doivent partir. Mais je reste jusqu'à ce qu'on nous dise d'évacuer les lieux.

Il s'arrêta et regarda son ami, dont le visage fatigué était couvert de poussière.

— Vous devriez rentrer chez vous, Vito.

Vito secoua la tête.

— Si vous restez, je reste aussi.

— Je ne pense pas que ce soit une bonne idée, reprit Enzo en désignant un gros nuage noir tout proche. Regardez, le feu n'est pas loin…

— Je ne vous laisserai pas seul ici.

— Vous ai-je déjà dit que vous étiez une vraie tête de mule ? lança Enzo.

Puis son regard croisa celui de Vito, et il ajouta d'un ton radouci :

— Merci d'être toujours là.

— Je ne suis pas le seul à me soucier de vous. J'ai vu la façon dont Sylvie te regardait. C'est la façon dont mon Anna me regarde.

Il secoua la tête.

— Ça ne peut pas marcher, entre nous, dit-il. Elle est partie…

Même s'il refusait de l'admettre, il savait qu'il avait gâché ses chances avec elle.

— Mais ça ne veut pas dire qu'elle ne peut pas revenir. Quand vous lui parlerez, dites-lui ce que vous ressentez.

— Vito, ce n'est pas le moment.

Son vieil ami fit un signe de la tête.

— N'abandonnez pas, ni la propriété ni Sylvie.

— Je ne peux pas penser à tout ça maintenant, dit Enzo, les yeux fixés sur la scène de désolation qui se trouvait devant eux.

— J'espère que les pompiers arriveront à circonscrire le feu avant qu'il nous atteigne.

— Moi aussi, répondit Enzo, surpris de constater qu'il avait parlé avec fougue.

Après tout, ce domaine ne le concernait plus, et il était sur le point de s'en éloigner à jamais. Mais il ne pouvait pas ignorer tous les souvenirs qui revenaient le hanter : les dîners d'anniversaire de sa mère, les longues balades dans les vignes avec son père, qui lui transmettait ses connaissances sur la terre et le raisin, alors qu'il n'était encore qu'un enfant.

Pendant longtemps, il n'avait pas voulu revivre ces moments – les seuls à ne pas être entachés de mensonge. Mais Sylvie lui avait fait ouvrir les yeux, et voir ce qui avait toujours été là, devant lui. La famille, le bonheur, la colère, l'amour et l'histoire... Leur famille n'avait pas été parfaite comme il aurait voulu le croire, mais en son sein, il s'était tout de même senti aimé.

— Vous savez, pour un homme qui ne se soucie pas du vignoble, vous vous battez vraiment beaucoup pour le sauver, lança Vito, avant de rejoindre les pompiers.

Enzo aurait voulu chasser ces paroles de son esprit, mais elles continuèrent de le hanter quand il se remit au travail. Pourquoi était-il ici, prêt à tout donner pour sauver ces terres ? Pourquoi ne s'était-il pas accordé deux minutes pour signer le contrat de vente au lieu de se lever de sa chaise et de se précipiter vers la porte, comme si les flammes lui léchaient les talons ?

Comment Vito avait-il vu clair dans son jeu ? C'était comme si le vieil homme lui disait ce qu'il avait peur de s'avouer à lui-même. À ce moment-là, Enzo reconnut enfin ce que son cœur avait toujours su : il aimait ce domaine, et chérissait les moments d'amour et de tendresse qu'il y avait connus. Et il aimait Sylvie, même s'il s'était battu pendant des mois contre ses sentiments, de crainte de se montrer vulnérable et d'être à nouveau blessé par quelqu'un à qui il tenait. Et il aimait le bébé, même s'il savait qu'il ferait des erreurs en l'élevant et n'aurait pas toujours les bonnes réponses.

Il voulait néanmoins faire de la propriété un foyer aimant pour leur bébé, et avoir une seconde chance de montrer à Sylvie combien elle comptait pour lui. Mais était-il trop tard pour tout cela ?

# 17.

Où était Enzo ?

Se trouvait-il à l'abri du feu ?

Sylvie priait pour sa sécurité, ainsi que pour tous les autres, sur le front de l'incendie. Elle venait de finir la vaisselle, après la ruée du midi sur la nourriture. Bientôt, il serait temps de commencer à préparer le dîner.

Elle ne pouvait pas s'empêcher de penser qu'elle n'en faisait pas assez. Sa main se posa sur son ventre : là était sa priorité, elle ne devait pas l'oublier. Personne ne savait encore pour le bébé, sauf Enzo. Non pas qu'elle ne voulait pas le dire aux gens – elle en parlait, parfois. Elle était heureuse d'être enceinte et avait hâte que son bébé vienne au monde, mais une part d'elle-même attendait d'avoir réglé les choses avec Enzo avant de répandre la joyeuse nouvelle.

Alors qu'elle se tenait sur la véranda, son endroit préféré de la villa, elle remarqua qu'au loin, la fumée avait pratiquement disparu. Le feu cédait-il du terrain ? L'espoir enfla dans sa poitrine. Ces trois derniers jours, elle et tous les autres habitants de la propriété Bartolini n'avaient cessé de prier pour cela. Avaient-ils enfin été exaucés ?

Mais ils n'étaient pas les seuls à prier. Bianca et Gia aussi. Les deux sœurs avaient tout laissé tomber pour prendre l'avion immédiatement après l'appel de Sylvie. Toutes les trois, ainsi que la femme de Vito, avaient travaillé côte à côte dans la cuisine, s'assurant que tout le monde était nourri et logé aussi confortablement que possible vu les circonstances.

— As-tu entendu la nouvelle ?

Bianca se précipita dans la véranda, tout sourire.

— Quelles nouvelles ? demanda Sylvie.

— D'excellentes nouvelles ! lança Gia en s'approchant de sa sœur.

Elles n'étaient peut-être que demi-sœurs, mais elles avaient des traits similaires, de leurs yeux clairs à leur nez effronté et à leurs lèvres pulpeuses. Et leur relation était si étroite que chacune achevait les phrases de l'autre.

La révélation du secret de la conception de Gia avait sans doute été dévastatrice, mais les sœurs étaient désormais plus proches que jamais. Si seulement Enzo voyait cela, il ne serait peut-être pas si pressé de signer ces maudits papiers !

Impatiente de connaître la nouvelle, Sylvie demanda :

— Eh bien, dis-moi ce qui se passe. Est-ce le feu ? Est-il éteint ?

— Pas vraiment, dit Bianca, le sourire aux lèvres.

— Mais contenu, ajouta Gia.

— Et la vigne, a-t-elle été épargnée ?

Les expressions des sœurs demeuraient préoccupées.

— Nous n'avons pas de nouvelles des hommes, dit Bianca, mais ils devraient bientôt revenir.

— L'ordre d'évacuation a été levé, donc tout le monde fait ses valises pour rentrer chez soi, expliqua Gia. Sauf nous. Nous voulons rester ici quelques jours.

— Je suis sûr qu'Enzo sera content, assura Sylvie, en se demandant si elle devait partir avant son retour. Je sais que vous lui avez manqué, toutes les deux.

— Oui, dit Bianca, nous l'avons vraiment vexé en oubliant son anniversaire.

— Ça n'arrivera plus, affirma Gia. Nous avons entré la date dans nos calendriers, sur nos téléphones.

— Peu importe où nous sommes, cette date nous réunira toujours, dit Bianca.

Sylvie hocha lentement la tête.

— Maintenant que la situation est maîtrisée et que vous êtes tous réunis, je vais aller faire mes valises.

— Tu pars ? demandèrent les deux sœurs à l'unisson.

Sylvie baissa les yeux.

— Il faut que je retourne à Florence.

— Reste encore un peu ! dirent aussitôt les sœurs.

Faire partie de cette famille serait pour elle un rêve devenu réalité, et cela n'avait rien à voir avec l'immense richesse des Bartolini, ni avec le fait que Bianca serait bientôt une vraie princesse ou que Gia vive sur une île romantique de Méditerranée. Non, mais elle se sentait bien avec la fratrie des Bartolini, unis malgré la découverte d'un secret qui aurait pu les séparer à jamais. Un lien aussi fort était quelque chose de merveilleux, dont la plupart des gens ne pouvaient que rêver.

Gia s'approcha de Sylvie et glissa un bras autour de ses épaules.

— Qu'est-ce qui ne va pas ?

— Quoi ?

Sylvie était tellement absorbée dans ses pensées qu'elle n'avait pas réalisé que sa détresse se lisait sur son visage.

— Tu pleures…

Sylvie s'essuya les joues d'un revers de la main. Ses hormones lui jouaient de drôles de tours, ces derniers temps.

— Ce n'est rien, je t'assure…

— Enzo pourrait y croire, mais pas nous.

Bianca croisa les bras, comme pour lui faire comprendre qu'elle n'abandonnerait pas.

— Parle-nous. C'est à cause de notre frère ? Il t'a contrariée ?

Peut-être qu'elle devrait leur dire ? Après tout, elles étaient les futures tantes du bébé…

— Je suis enceinte d'Enzo.

Les mots étaient sortis tout seuls.

Stupéfaites, les deux femmes se regardèrent, puis se tournèrent vers Sylvie.

Au bout d'un moment, Bianca pinça les lèvres, comme si elle tentait de rassembler ses pensées.

— Est-ce qu'Enzo est au courant ?

Sylvie fit un signe de tête.

— Cela a été un choc pour nous deux.

— Et qu'est-ce qu'il a dit ?

— Pas grand-chose au début. Puis il a voulu annuler la vente du domaine. Je l'ai dissuadé. Le bébé n'était pas une raison suffisante pour changer d'avis, pour rester là où il ne veut pas être. Je ne veux pas qu'il me reproche ou reproche à notre enfant d'avoir influencé sa décision.

— Il ne ferait pas ça, affirma Bianca.

— Je n'ai jamais cru qu'il voulait partir d'ici, renchérit Gia. Quand nous étions enfants, tout ce dont il parlait, c'était de gérer un jour le vignoble, comme papa.

— Aimes-tu notre frère ? demanda Bianca.

— Oui, répondit simplement Sylvie.

Elles parlèrent longuement, et les deux sœurs l'encouragèrent à donner un peu plus de temps à Enzo. Elles étaient certaines qu'une fois qu'il aurait surmonté le choc, tous deux verraient la situation sous un meilleur jour.

Mais Sylvie n'était pas convaincue.

— Je ne peux pas rester ici et espérer qu'il tombe amoureux de moi ! lança-t-elle en faisant un pas vers la porte. Je dois organiser ma future vie avec le bébé, et aller de l'avant.

— N'y a-t-il rien que nous puissions dire pour que tu restes ? insista Bianca. Je suis sûre qu'Enzo voudra te voir et te remercier pour tout ce que tu as fait.

Sylvie secoua la tête.

— Il vaut mieux que je parte.

Et elle s'éloigna, le cœur lourd.

Mais Enzo avait pris sa décision. Lorsque Vito l'avait

appelée pour lui faire savoir que l'incendie menaçait la propriété, il lui avait dit que le contrat de vente allait être signé sous peu.

Ni elle ni le bébé ne pourraient rien y changer, désormais.

# 18.

Elle eut plus de mal à partir que la première fois. Tout en rangeant ses affaires dans son sac, elle ne pouvait s'empêcher de penser que les choses allaient se compliquer avant qu'Enzo et elle aient réussi à trouver un compromis. Elle ne savait même pas comment ce serait s'il déménageait en France, mais, pour le bien de leur enfant, ils devaient se mettre d'accord.

C'est alors qu'elle se rendit compte qu'elle pliait et repliait le même chemisier dans l'espoir de voir Enzo avant son départ. Mais une petite voix lui soufflait qu'il serait plus facile pour tout le monde qu'elle s'éclipse discrètement. Ses sœurs seraient là pour lui. Forte de cette idée, elle s'empressa de mettre le reste de ses vêtements dans le sac, qu'elle referma.

C'est alors qu'on frappa. C'était sans doute Bianca ou Gia, qui allait une fois de plus tenter de la convaincre de rester, songea-t-elle.

— Entrez…

Elle se retourna, surprise de trouver Enzo sur le seuil.

— Tu es de retour…

Comme il hochait la tête en silence, elle remarqua les traces de suie sur son visage, ses cheveux en bataille et ses vêtements déchirés.

— Mes sœurs m'ont dit que tu t'apprêtais à partir. Tu n'allais même pas me saluer ?

Le regard d'Enzo fouillait le sien. Que voulait-il dire ?

Était-il déçu qu'elle essaye de l'éviter ? Ou était-ce juste un vœu pieux de sa part ?

— Je… je ne voulais pas te déranger.

Elle jeta un coup d'œil à son sac, ouvrit la poche latérale pour y mettre ses lunettes de soleil.

— Je suis sûr que tu as beaucoup de choses à rattraper avec tes sœurs.

— Veux-tu savoir comment le domaine a résisté ?

— Bien sûr. As-tu réussi à tout sauver ?

Ému aux larmes, il se frotta la nuque.

— Nous avons perdu des vignes.

— Je suis désolée… J'espère qu'elles pourront être replantées.

Il fit un signe de tête.

— Ça va prendre du temps, mais c'est faisable.

— Je suis sûre que le nouveau propriétaire sera soulagé.

Elle souleva son sac et fit passer la sangle par-dessus son épaule. Il était temps de faire une sortie rapide, tant qu'elle maîtrisait encore ses émotions.

— Sylvie, il n'y aura pas de nouveau propriétaire.

— Mais… je croyais que les papiers avaient été signés.

— J'ai été appelé à la rescousse avant que nous ayons signé les papiers. On peut dire que cette vente a pris feu, dit-il avec un demi-sourire.

Sylvie sentit son cœur s'emballer. Qu'est-ce que cela signifiait ? Elle refusait de tirer des conclusions hâtives. Elle n'allait pas se faire de faux espoirs et les voir anéantis l'instant d'après. Après tout, son bébé devait pouvoir compter sur elle, et elle n'avait pas le droit à l'erreur.

— Tu pourrais rester ici, au domaine, dit-il.

Elle secoua la tête.

— Je dois retourner à Florence et continuer à chercher un nouveau travail.

— Et le bébé ?

— Je ne l'éloignerai jamais de toi. Florence n'est pas si loin. Je suis sûr qu'on peut établir un planning de visites.

— Tu ne vas pas reconsidérer le fait de rester vivre ici ?

— Je dois commencer une nouvelle vie pour moi et le bébé, répondit-elle avec fermeté. C'est mieux comme ça.

Si elle devait rester au domaine, elle ne réussirait pas à oublier Enzo. Il serait toujours là, tout près, et ils se croiseraient sans cesse. Un amour à sens unique n'était pas suffisant pour elle.

Même si l'amour entre ses parents avait été un feu de paille, il avait été si fort que sa mère en avait gardé le souvenir jusqu'à son dernier souffle. Si Sylvie devait risquer son cœur pour un autre, elle voulait vivre un amour fort et passionné comme celui-là.

— Je… je comprends. Laisse-moi prendre en charge ton loyer…

— Non, Enzo. Je t'ai dit que je subviendrai seule à mes besoins.

— Mais… c'est mon bébé que tu portes.

— C'est le mien aussi, et j'ai les moyens de l'élever correctement.

Il se tourna vers elle, les sourcils froncés.

— Pourquoi es-tu si têtue ?

Bouche bée, elle le regarda. Il lui fallut un moment pour se ressaisir, mais cela ne l'empêcha pas de lui lancer un regard furieux.

— Je ne suis pas têtue !

— J'essaie juste de faire ma part en prévision de cette naissance, mais tu ne me laisses pas faire. Si tu crois que je ne vais pas élever mon propre enfant et ne pas être là pour lui, à chaque instant, tu as tout faux !

— Je ne t'empêcherai jamais d'être là pour notre enfant. J'ai juste besoin de faire cette transition toute seule.

En réalité, être une mère célibataire lui faisait peur. Elle se rappelait combien sa mère avait travaillé dur pour subvenir à ses besoins, et elle s'inquiétait de ne pas pouvoir offrir à son fils ou à sa fille une existence aussi confortable que celle que sa mère lui avait donnée.

— Mais c'est ça, le problème. Tu n'es pas obligée de faire tout cela toute seule. Épouse-moi !

Qu'est-ce qu'il avait dit ?

Elle scruta son visage, comme pour s'assurer qu'il ne s'agissait pas d'une blague. Mais l'expression du visage d'Enzo disait qu'il était parfaitement sérieux.

Elle avait besoin d'entendre qu'il l'aimait autant qu'elle l'aimait. Elle n'accepterait rien de moins. Alors elle s'installerait chez lui, et ils formeraient une famille, tous les trois...

— Pourquoi ? demanda-t-elle.

— Pourquoi quoi ?

— Pourquoi se marier ?

Il déglutit avec peine, visiblement gêné par cette conversation. Il s'éclaircit la gorge.

— Nous allons avoir un bébé. Ce n'est pas une raison suffisante ?

Non, ce n'était pas une raison suffisante. Pas du tout, même. Il fallait tellement plus que des enfants pour faire un mariage heureux ! Et si leur union n'était pas fondée sur l'amour, comment allaient-ils pouvoir surmonter les obstacles que la vie mettrait sur leur chemin ?

Il s'approcha d'elle et planta les yeux dans les siens.

— Sylvie, épouse-moi.

Avec une force qu'elle ignorait posséder, elle rétorqua :

— Non.

Avant d'éclater en sanglots sous l'effet de ses hormones, elle se dirigea vers la porte, la tête haute. Sa façade commençait à se fissurer. Heureusement qu'elle avait déjà pris des dispositions pour se faire conduire en ville, car si elle restait ici plus longtemps ici, elle pourrait bien changer d'avis. Et cela ne serait bon pour ni pour Enzo, ni pour elle, ni pour leur bébé.

Alors, elle ravala ses larmes et sortit sans ajouter un mot.

# 19.

Non.

Une seule syllabe. Trois lettres minuscules qui, combinées, avaient le pouvoir de briser son cœur meurtri.

Enzo trébucha en se dirigeant vers la cuisine, tandis qu'il se repassait leur conversation. Qu'est-ce qui avait mal tourné ? Avait-il commis des erreurs ? Il n'aurait pas dû s'éloigner autant des rails. Il avait pourtant pesé et répété chaque mot alors qu'il était dans les champs. Il était certain que Sylvie comprendrait que l'épouser était la meilleure solution. Elle aimait le domaine et y avait été heureuse. Du moins, c'est ce qu'il avait observé. Si elle avait accepté de l'épouser, ils auraient vécu heureux ici même, dans cette maison.

Mais lorsqu'il se précipitait à la villa pour annoncer que l'incendie avait été maîtrisé, tous ces mots bien choisis lui étaient sortis de la tête. Au début, il avait été surpris de la voir. C'est à ce moment qu'il avait réalisé à quel point elle lui avait manqué. Lui parler, écouter le timbre de sa voix et se délecter de son rire cristallin…

Mais aujourd'hui, c'était différent. Elle était différente. Il avait remarqué le port obstiné de son menton et la douleur dans ses yeux. Il aurait dû se rendre compte qu'il ne serait pas si facile de revenir sur le passé. Mais il était si préparé à prononcer ces paroles qu'il avait perdu pied…

Quand il avait ouvert la bouche, ces mots qu'il avait répétés… Eh bien, ils s'étaient tous mélangés dans sa tête.

Peut-être qu'il avait un peu précipité les choses avec cette proposition. Mais elle s'était entêtée, le rendant de plus en plus nerveux.

Il savait qu'elle aimait suffisamment le domaine pour tout faire pour l'empêcher de le vendre. Si elle avait refusé sa demande, c'est qu'elle ne l'aimait pas, lui. Elle le considérait peut-être comme un ami, mais elle ne pouvait pas le voir autrement.

— Enzo, qu'est-ce qui ne va pas ?

C'était Bianca. Quand il leva les yeux, il ne découvrit pas une, mais deux sœurs qui l'observaient avec la même inquiétude.

— Où est Sylvie ? demanda Gia.

— Elle est partie, répondit-il d'une voix blanche en se laissant tomber sur une chaise.

— Partie ? répéta Bianca. Mais… je pensais que tu voulais lui parler !

— Je l'ai fait.

— Et elle est partie quand même ?

Gia attrapa une chaise et prit place en face de lui.

— Oui.

Bianca s'assit à côté de lui.

— Pourquoi tu ne l'as pas retenue ?

La frustration se lisait dans son regard quand il répliqua :

— Tu crois que je n'ai pas essayé ? Je lui ai même proposé de l'épouser !

Bianca et Gia se tournèrent l'une vers l'autre. Elles ne prononcèrent pas un mot, parce qu'elles n'en avaient pas besoin. Il détestait quand elles faisaient ça et le laissaient de côté. Il n'avait aucune idée de ce qu'elles pensaient – non, ce n'était pas vrai. Il savait ce qu'elles pensaient : il avait tout gâché. Et le pire, c'est qu'il ne pouvait pas leur donner tort.

Il se leva, aussitôt imité par Bianca.

— Ne t'en va pas.

Il secoua la tête.

— Je n'ai pas besoin que tu me dises que j'ai tout gâché depuis notre enfance.

Bianca lui jeta un regard perplexe.

— Notre enfance ? Qu'est-ce que cela a à voir avec…

— De quoi parles-tu ? coupa Gia, impatiente.

Il n'avait pas l'intention d'évoquer le passé. Il était juste très énervé et les mots étaient sortis tout seuls. C'était une erreur. Mais comment revenir en arrière maintenant que ses sœurs étaient pendues à ses lèvres ?

Soudain, il crut entendre la voix de Sylvie qui le poussait à s'ouvrir sur le passé. Elle lui avait conseillé de se montrer honnête avec ses sœurs et de leur faire confiance pour encaisser cette nouvelle révélation.

Mais l'idée de révéler le secret qu'il avait gardé en lui pendant la plus grande partie de sa vie le terrorisait. Il avait la gorge nouée, les mains moites. Et si elles ne voulaient plus jamais lui parler, après tout ça ?

— Enzo, parle-nous…

La voix de Bianca le tira de sa léthargie.

— Vous feriez mieux de vous asseoir.

Ses sœurs obéirent en échangeant des regards inquiets. Alors, il leur fit le récit de cette nuit pendant laquelle il avait entendu ses parents se disputer au sujet de la liaison de leur mère. C'était un souvenir qu'il espérait ne jamais avoir à revivre…

Le silence accueillit sa déclaration. Un silence tendu qui s'éternisa.

Enzo s'agita sur son siège.

— Je suis vraiment désolé. J'ai commis une grosse erreur.

Les sourcils fins de Bianca se rapprochèrent.

— Tu as vraiment pensé qu'ils parlaient de toi ?

Il fit un signe de tête.

— C'est pour ça que tu t'es comporté aussi bizarrement ? insista Gia. Pour ça que tu avais l'air de porter le poids du monde sur tes épaules ?

Il hocha la tête.

— Je voulais chasser ce souvenir. Je m'étais convaincu que ce n'était qu'un mauvais rêve. Et quand on veut croire suffisamment en quelque chose, tout est possible…

Il s'arrêta et prit une profonde respiration. Il avait encore un aveu à faire.

— Et quand nous avons découvert le journal, les souvenirs ont resurgi. J'aurais dû tout vous raconter à ce moment-là. Mais j'avais… peur.

Un nouveau silence gênant s'installa. À quoi pensaient ses sœurs ? Est-ce qu'elles comprenaient ? Ou étaient-elles en colère contre lui ?

En entendant frapper, Enzo gémit intérieurement. Ce n'était pas le moment de l'interrompre. Il aurait voulu poursuivre cette conversation avec ses sœurs, mais elles étaient inhabituellement silencieuses. Ce n'était pas bon signe.

Bianca se leva d'un bond.

— Je crois que c'est M. Caruso.

— Que fait le notaire de la famille ici ? s'écria Enzo. Est-ce que cela a un rapport avec la vente du domaine ?

— Je ne sais pas, dit Bianca. Il a appelé tout à l'heure en demandant s'il pouvait passer.

— Tu crois qu'il s'agit d'une mauvaise nouvelle ? demanda Gia alors qu'ils se dirigeaient tous vers la porte d'entrée.

Personne ne lui répondit. Pourvu que Gia se trompe ! Ils avaient eu assez de problèmes pour toute une vie, tous les trois !

Bianca alla ouvrir la porte et salua M. Caruso. Son visage était pâle et il semblait très préoccupé.

Après l'avoir fait entrer dans son bureau, Enzo se tourna vers le vieil homme.

— Qu'est-ce qui ne va pas ?

— Je ne sais pas vraiment comment c'est arrivé, dit M. Caruso en arpentant la pièce à grands pas nerveux.

Ça n'aurait pas dû se produire. Pendant toutes mes années d'exercice, je n'ai jamais vu quelque chose comme ça !

— Asseyez-vous…

Gia le guida vers une chaise. Alors qu'il prenait place, elle jeta à ses frères et sœurs un regard interrogateur.

M. Caruso saisit sa sacoche en cuir.

— Dites-nous quel est le problème, demanda Enzo.

M. Caruso sortit de sa sacoche une grande enveloppe et l'agita en l'air.

— Ce document était censé se trouver avec le testament de vos parents. Mais il s'est égaré, j'ignore comment.

— Qu'est-ce que c'est ?

Gia fronça les sourcils.

— Nous ne sommes pas sûrs de vouloir apprendre d'autres secrets de famille.

— Je suis d'accord, répondit Bianca. Ça a été une année difficile. Peut-être devriez-vous garder cela pour vous.

M. Caruso avait l'air perplexe.

— Je… je ne peux pas faire ça. À qui dois-je donner ce pli ?

Ni Enzo ni ses sœurs ne firent mine de bouger.

M. Caruso posa l'enveloppe sur le bord du bureau.

— Je vais la laisser ici jusqu'à ce que l'un d'entre vous ait envie de la lire. Encore une fois, je suis vraiment désolé.

Personne ne disait mot. Gia, Bianca et Enzo fixaient l'enveloppe comme si elle pouvait exploser à tout instant.

— Je vais vous laisser…, dit M. Caruso avant de s'éclipser.

Une fois le notaire parti, Gia s'avança vers le bureau.

— C'est ridicule. Nous ne pouvons pas faire comme si cette enveloppe n'était pas là. Et passer la prochaine année à nous demander ce qu'elle contient.

Enzo s'éclaircit la gorge.

— Je suis d'accord. Si nous devons le faire, il faut que ce soit à l'unanimité. Qu'est-ce que vous en dites ?

Bianca hésita avant d'acquiescer. Gia l'imita.

Enzo prit l'enveloppe. Au recto, chacun de leurs noms

était écrit de la main de leur père. Il sentit son cœur se serrer et souleva le rabat…

Deux feuilles de papier portant l'écriture de son père se trouvaient à l'intérieur. Son instinct lui dictait de parcourir la lettre et de s'assurer que rien n'allait contrarier ses sœurs, mais il savait que ce n'était pas juste pour elles. N'avait-il pas déjà appris le prix à payer pour garder des secrets ?

Aussi commença-t-il à lire à voix haute.

*Enzo, Bianca et Gia,*

*Je suis désolé de vous avoir imposé cette compétition pour garder le domaine. Votre mère m'a déconseillé de procéder ainsi, mais je ne voulais pas que l'un d'entre vous commette une erreur qui changerait sa vie, comme ta mère et moi l'avons fait. En vous battant pour la propriété, vous avez eu la chance de comprendre ce que cet endroit représentait pour vous. Je sais que chacun d'entre vous aime le domaine, peut-être pour des raisons différentes, et c'est normal. Mais sans le concours, il aurait été facile pour vous d'en oublier le sens. Tout comme votre mère et moi, qui sommes devenus si complaisants envers notre mariage que pendant un instant nous avons oublié ce qu'il signifiait pour nous deux. Je peux vous dire à tous que votre mère est l'amour de ma vie. Et je crois qu'elle ressent la même chose pour moi. Nous avons connu des difficultés sur notre chemin. Je dirais que c'est ma faute, même si elle n'est pas du tout d'accord. J'étais tellement absorbé par la culture de la vigne que j'ai oublié l'importance de la famille. Mon conseil paternel à chacun d'entre vous est de ne pas oublier que votre famille est votre priorité. L'amour, la sécurité et le bonheur doivent passer en premier. TOUJOURS. Si vous lisez cette lettre, cela signifie que votre mère et moi ne sommes plus avec vous. Mais ne doutez jamais que nous regardons chacun de vous de là-haut, que nous vous encourageons et que nous vous aimons. Et nous espérons que chacun d'entre vous trouvera le seul grand amour de sa vie, comme votre mère et moi l'avons fait. J'espère qu'à présent, vous avez tous les trois retrouvé le chemin de la famille. C'était notre cadeau d'adieu : en vous séparant, vous vous êtes rapprochés tous les trois plus que jamais. Nous vous aimons. Nous vous aimerons toujours.*

*Papa et Mamma.*

Quand Enzo acheva sa lecture, un silence assourdissant emplit la pièce. Ses sœurs avaient les yeux humides et Enzo était lui aussi très ému. Il lui fallut du temps pour assimiler ce qu'il avait lu. Ses parents avaient peut-être commis des erreurs, mais comment pouvait-il leur en vouloir alors que lui-même les accumulait ?

— Je ne suis peut-être pas d'accord avec les méthodes de papa, dit Bianca en rompant le silence, mais il a raison. Je me sens plus proche de vous deux que je ne l'ai été depuis que nous sommes enfants.

— Je suis d'accord, dit Gia.

Enzo n'était pas sûr d'avoir bien entendu.

— Tu veux dire que tu ne m'en veux pas de ne pas avoir parlé du secret ?

Son souffle se bloqua dans sa poitrine alors qu'il attendait la réponse. Il savait qu'il ne méritait pas leur indulgence. Si la situation avait été inversée et qu'il avait été maintenu dans l'ignorance, il aurait été très contrarié. Mais cela ne l'empêchait pas d'espérer le pardon.

— Tu aurais dû nous le dire, déclara Gia.

— Et nous faire confiance, ajouta Bianca, plus blessée que fâchée.

— Mais c'est fini, maintenant. Et tu dois oublier cette histoire, dit Gia, avant que ce passé empoisonne ton avenir. Avant de tout gâcher…

— Elle a raison, renchérit Bianca. Sylvie nous a tout dit.

Il écarquilla les yeux.

— Elle vous a dit… pour le bébé ?

Bianca acquiesça.

— Sylvie devrait être ici avec toi, avec nous, asséna Gia, en le regardant droit dans les yeux. Si tu ne vas pas la chercher, c'est moi qui le ferai !

— Mais… le domaine ?

— Tout ira bien pendant ton absence, s'empressa de dire Bianca. On va s'occuper de tout ici.

— Et si tu veux, dit Gia, je peux commencer les rénovations pour que cet endroit redevienne le foyer chaleureux que nous avons connu.

L'idée lui plut.

— Tu ferais ça ?

Gia sourit.

— J'aimerais bien.

— Je ne sais pas comment vous remercier…

Le regard de Gia rencontra le sien.

— Ne t'inquiète pas. Va chercher ta famille.

Enzo se dirigea vers sa chambre pour prendre une douche et faire ses valises. Il allait se rendre en ville. Mais comment prouver à Sylvie qu'il serait toujours là pour elle et le bébé ?

Puis il comprit qu'il ne pouvait pas s'attendre à ce que Sylvie change encore une fois ses plans ; il savait que c'était lui qui devait faire des concessions, cette fois-ci. Et un plan commença à germer dans son esprit.

# 20.

Son sourire lui manquait. Sa voix, aussi…

Le domaine, avec ses collines pittoresques et ses chevaux, lui manquait.

Tout cela lui manquait.

Sylvie relégua ces tristes pensées au fond de son esprit. C'était du passé, désormais. Cela faisait une semaine qu'elle avait refusé la demande en mariage d'Enzo. Mais était-ce vraiment une demande en mariage ? Traditionnellement, il fallait poser la question, or il ne l'avait pas fait. Enzo avait parlé de mariage comme il aurait suggéré un restaurant pour le dîner…

Quand on frappa à sa porte, Sylvie n'eut pas besoin d'aller ouvrir pour savoir qui se trouvait de l'autre côté : le livreur du fleuriste d'en bas.

Tous les jours de cette semaine, Enzo lui avait envoyé des fleurs avec des petits messages.

Le premier disait « *Je suis désolé* ».

Le suivant, « *Je voudrais me racheter* ».

Le troisième, « *Donne-moi une seconde chance, s'il te plaît* ».

Et enfin, le quatrième : « *Tu me manques.* »

C'était comme recevoir une lettre d'amour en plusieurs parties… Elle était curieuse de savoir quel serait le message d'aujourd'hui. Une vraie lettre d'amour devait comporter une déclaration et jusqu'à présent, ce n'était pas le cas.

Elle alla ouvrir. Vincenzo, le petit-fils du propriétaire de la boutique, lui sourit.

— C'est pour vous.

Elle accepta les boutons de rose rouges, qu'elle huma avec délice. Les roses rouges étaient symbole d'amour. Enzo s'apprêtait-il à lui dire qu'il l'aimait ?

Elle se retourna, cherchant du regard où les mettre.

— Vous savez que je commence à manquer de place !

— Je pense que cet homme se donne vraiment du mal pour vous reconquérir. Peut-être que vous devriez lui accorder une nouvelle chance.

Elle devait admettre que les fleurs entamaient quelque peu sa détermination, mais elle se demandait quand Enzo viendrait plaider sa cause en personne.

— Peut-être…

Vincenzo hésita, comme s'il voulait en dire plus, puis il lui souhaita une bonne journée et disparut.

Une fois la porte fermée, Sylvie se précipita vers la petite table de la cuisine, y posa un vase et prit l'enveloppe jointe au bouquet. « *La surprise est prête. Tu trouveras ci-dessous l'adresse et l'heure. Viens, je t'en prie.* »

Elle ne put réprimer un frisson d'anticipation. Qu'avait-il prévu exactement ? Avec Enzo, ça pouvait être n'importe quoi. Mais elle ne s'était jamais sentie aussi impatiente de toute sa vie.

Elle posa la main sur son ventre légèrement arrondi.

— Nous allons voir ton papa aujourd'hui, mon bébé. Je ne sais pas comment ça va se passer, mais je te promets que, quoi qu'il arrive, nous t'aimerons tous les deux de tout notre cœur.

Il n'était pas sûr que ça marcherait.

Il n'était même pas sûr qu'elle se présenterait. Enzo ajusta sa cravate pour la énième fois. Il aurait peut-être dû l'inviter à dîner en personne, mais il avait espéré capter son attention avec ses petits mots. Ses efforts avaient-ils porté leurs fruits ? Se montrerait-elle ?

Il avait travaillé sans relâche sur cette surprise depuis son arrivée à Florence, une semaine plus tôt. Gia avait téléphoné plusieurs fois pour lui demander son avis sur les rénovations de la villa, mais elle avait pris les choses en mains pour lui permettre de se concentrer sur son objectif.

Il avait payé deux fois plus cher pour faire travailler une équipe 24 heures sur 24, et surprendre Sylvie. Le projet n'était pas terminé, mais il était suffisamment avancé pour lui en donner un aperçu.

Il s'assit à la table couverte d'une nappe blanche et ornée de deux bougies rouges. Il les avait déjà allumées. C'était peut-être une erreur. Et si elle était en retard ? Les bougies fondraient trop vite. Qu'importe ! Il voulait créer l'ambiance dès son arrivée – si elle arrivait…

— Monsieur Bartolini ?

Son violon à la main, le chef d'un quatuor à cordes s'approcha de lui.

— Voulez-vous que nous commencions à jouer ?

— Pas encore. Vous pourrez commencer dès que mon invitée arrivera.

Dans la cuisine, un traiteur gardait la nourriture au chaud pour servir un dîner élégant. Pourvu qu'il ne manque rien !

Soudain, la cloche au-dessus de la porte d'entrée l'avertit que quelqu'un était arrivé.

Il se retourna et, dans la lumière tamisée, il aperçut sa jolie silhouette. Comme elle lui avait manqué ! Ce soir, pourtant, il ne s'agissait pas de lui, mais d'elle. Et il voulait lui montrer qu'il était l'homme qu'il lui fallait.

Elle avait vérifié l'adresse trois fois.

C'était une devanture de magasin. Et, derrière les vitres

ornées de rideaux, elle aperçut une douce lueur. Perplexe, Sylvie entrouvrit la porte, faisant tinter une clochette. Dès qu'elle entra, un violon se mit à jouer.

Son regard se posa sur la table, au milieu de la pièce. Il y avait des bougies et, au centre, un solitaire avec une rose rouge à longue tige. Son cœur manqua un battement. Enzo avait-il préparé tout cela pour elle ? Mais où était-il donc ?

C'est alors qu'il sortit de l'ombre et s'approcha. Il souriait, mais son sourire n'atteignait pas ses yeux. Était-il aussi nerveux qu'elle ?

— Merci d'être venue…

— Enzo, où sommes-nous ?

— C'est mon nouveau magasin, Barto Wines.

— Tu ouvres une boutique de vins ?

Il acquiesça d'un signe de tête.

— J'avais prévu d'en parler à mon père quand il a eu son accident. J'ai abandonné l'idée quand il a fallu gérer les conséquences de la mort de mes parents. Mais il me semble aujourd'hui que c'était le bon moment pour déménager à Florence…

Elle le regarda d'un air stupéfait.

— Tu veux t'installer ici ? Mais… pourquoi pas la France, comme tu en avais l'intention ?

Il la regarda droit dans les yeux, faisant battre son cœur plus fort.

— J'ai un appartement à l'étage. Peu importe ce dont toi ou le bébé avez besoin, je serai là. Jour et nuit.

— Mais… tu ne peux pas faire ça. Et ta vie ? Tes rêves ?

— C'est ce que j'essaie de te dire, Sylvie. Mes rêves tournent autour de toi. Je suis désolé pour la façon dont j'ai géré les choses. Il a fallu que mes sœurs et mes parents me fassent remarquer mes erreurs pour que je comprenne enfin. J'ai parlé à mes sœurs, comme tu me l'avais suggéré.

Elle sentit l'espoir gonfler dans sa poitrine.

— Et comment ça s'est passé ?

— Cela n'a pas été facile, mais comme tu l'avais prédit, elles m'ont pardonné.

— Je suis si heureuse d'entendre ça !

— Et maintenant, il est temps que je m'excuse auprès de toi, pour avoir été aussi stupide ! Je ne mérite probablement pas une deuxième chance, mais j'ai appris ma leçon et je promets d'être honnête avec toi et de te soutenir, quoi qu'il arrive. Et je serai toujours là pour notre enfant.

Il avait dit les mots justes. Elle n'osait pas l'interrompre, car elle avait le sentiment qu'il s'apprêtait à lui dire quelque chose de très important.

— Sylvie, je t'aime. Je crois que je t'aime depuis ton arrivée en Toscane. Comment ne pas être fou amoureux de ton sourire, de ta voix ? Tu illumines mes journées comme personne d'autre ne l'a jamais fait. Sans toi dans ma vie, tout n'est que grisaille.

Elle le regarda pour s'assurer qu'elle n'avait pas seulement imaginé les mots qu'il avait prononcés. Mais ses yeux exprimaient un amour profond.

— Je t'aime aussi, murmura-t-elle.

Il laissa échapper un long soupir.

— J'espérais que tu dirais cela. J'avais si peur d'avoir tout gâché !

— Tu n'as rien gâché du tout. Les choses se passent comme je l'avais toujours imaginé.

— J'ai une surprise pour toi, reprit-il en sortant une petite télécommande de sa poche.

Soudain, une éblouissante étoile lumineuse apparut au plafond, puis d'autres sur les murs. Il lui tendit la main.

— Voulez-vous danser avec moi, mademoiselle ?

Elle hocha la tête, trop émue pour articuler un seul mot. Son cœur battait si fort à ses oreilles qu'elle entendait à peine la musique. Elle suivit Enzo, qui l'entraîna dans un slow langoureux. Sylvie ne s'était jamais sentie aussi heureuse qu'en cet instant…

Quand la musique s'arrêta, Enzo se mit à genoux, comme dans les films.

— Sylvie, je ne suis pas parfait, loin de là, et j'espère que tu as compris que je t'aime de tout mon cœur.

Il plongea la main dans la poche de sa veste et lui tendit une bague en diamant.

— Me feras-tu l'immense honneur de devenir ma femme ?

— Oui ! s'écria-t-elle, les larmes aux yeux. Oui, je vais t'épouser.

Il glissa la bague sur son doigt tremblant, puis se redressa.

— Je suis l'homme le plus chanceux du monde.

— Où allons-nous vivre ? Dans ton appartement ? Ou le mien ?

Il sourit.

— Où tu veux, mais je connais une propriété qui serait parfaite pour une famille élargie.

— Vraiment ?

Elle était si heureuse qu'elle espérait que sa mère la voyait de là-haut.

Il hocha la tête avant de poser les lèvres sur les siennes.

# Épilogue

*Royaume de Patazonie, 20 décembre*

Le grand jour était arrivé.

Au comble de l'anxiété, Bianca Bartolini se tenait dans la salle de préparation de la grande cathédrale de Patazonie, entourée de ses amis. Et même si elle aurait voulu que ses parents soient là, elle savait qu'ils veillaient sur elle, de là-haut. Elle en était certaine.

Elle s'était déjà trouvée dans cette pièce, en tant qu'organisatrice de mariage, mais aujourd'hui, le rôle principal lui revenait : celui de la mariée. La mariée ! Un grand sourire se dessina sur ses lèvres. L'idée d'être la femme de Léo la ravissait au plus haut point. C'étaient ses futures responsabilités qui la rendaient nerveuse, même si elle essayait de le cacher. Ses doutes étaient toujours là, enfouis en elle. Elle était sur le point de devenir une princesse !

— L'amour te va bien, lui dit Gia dans un sourire.

— Je suis si heureuse ! répondit Bianca à sa jeune sœur, qui rayonnait de bonheur. Et j'ai le sentiment que le prochain mariage sera le tien !

Gia rougit et détourna le regard.

— Gia, que me caches-tu ? Es-tu prête à te fiancer ?

— Pas vraiment.

— Qu'est-ce que ça veut dire ?

Gia hésitait, comme si elle essayait de trouver une réponse appropriée.

— Nous avons parlé mariage, et…

— Et ?

— C'est tout ce qu'il y a à dire. Je travaille sur la rénovation de maisons et lui, sur son nouvel algorithme, pour l'instant.

Bianca attira sa sœur à elle.

— Il te fait du bien. Je te vois rayonner en sa présence. Ne rejette pas les choses importantes de la vie, Gia…

Le visage de Gia s'assombrit.

— Tu n'es pas la seule à penser à maman et papa aujourd'hui. Mais j'ai l'impression qu'ils sont là, avec nous. Je vois papa, quand Enzo sourit. Et je vois maman dans tes yeux.

— Et moi, je les vois tous les deux en toi. Tu es patiente, comme papa. Et pleine de talents, comme maman.

— Qu'est-ce que vous racontez ? lança Enzo, qui s'approchait au bras de sa nouvelle épouse.

Enzo et Sylvie avaient organisé une petite cérémonie à la villa dès que Gia avait eu terminé les rénovations. Au lieu d'assister au mariage de Bianca, ils auraient dû partir pour une lune de miel bien méritée. Mais ils avaient retardé leur départ, tous deux d'accord sur le fait qu'ils ne voulaient être nulle part ailleurs dans le monde, en ce moment précis.

Sylvie avait officiellement renoncé à son activité d'organisatrice de mariages. Avec le soutien d'Enzo, elle poursuivait ses rêves et créait des robes de mariée à plein temps. En fait, Bianca portait une de ses dernières créations.

Bianca s'était empressée de dire à tous ses invités que Sylvie était une étoile montante du stylisme, et les commandes affluaient déjà. Il ne restait plus qu'à attendre que le monde entier découvre la robe qu'elle portait aujourd'hui !

— Rien, dit Gia, songeuse. Notre famille s'agrandit, et maman et papa ne sont pas là pour le voir.

— Si, ils sont là, dit Enzo. J'en suis sûr…

Sur ce, la porte s'ouvrit et l'organisateur du mariage royal entra dans la pièce.

— Tout le monde vous attend, princesse, dit-il en désignant Bianca. Quant à vous, Enzo, vous devez la conduire à l'autel. La cérémonie peut commencer.

Bianca embrassa Gia, puis Sylvie.

— Oh ! s'écria soudain celle-ci.

— Il y a un problème ? demanda Enzo, en se précipitant auprès d'elle.

Sylvie sourit.

— Non. Tout va bien. C'était juste notre petit footballeur qui me faisait savoir qu'il était réveillé.

— C'est un garçon ? demandèrent simultanément Bianca et Gia.

— Oups... Je pensais que tu leur avais dit, balbutia Sylvie en se tournant vers son mari.

Bianca les embrassa tous les deux.

— Félicitations ! J'ai le sentiment que l'année qui vient va être absolument incroyable.

— Je suis d'accord, approuva Gia.

Tout à coup, la musique du cortège retentit. L'année précédente avait été pleine de hauts et de bas, mais sa fratrie était restée soudée. Tout était possible, désormais, et un avenir radieux s'offrait à eux.

Le cœur gonflé d'amour, elle prit le bras de son frère.

Les deux grands battants de bois s'ouvrirent, et Bianca marcha vers son avenir. Lorsque son regard rencontra celui de Léo, elle sut qu'elle avait fait le bon choix, et sentit tous ses doutes se dissiper. Elle ne ressentait plus que de l'amour, en cet instant. Pour son nouveau pays, pour sa famille et, surtout, pour le prince de son cœur.

Vous avez aimé *Une nuit avec Enzo Bartolini* ?
Retrouvez en numérique l'intégrale de votre série
« L'héritage des Bartolini », de Jennifer Faye :

1. *Un prince pour Bianca*
2. *La passion de Gia*
3. *Une nuit avec Enzo Bartolini*

Retrouvez prochainement,
dans votre collection

# AZUR

**L'héritier de Roman Bardales, de Kim Lawrence - N°4334**

Tout a commencé par une rencontre : il a suffi de quelques secondes pour que Marisa succombe à l'attraction de Roman Bardales. De ce coup de foudre sensoriel suivi d'une aventure passionnelle, un petit garçon est né, sans que jamais Roman soit au courant. Alors forcément, quand près de cinq ans plus tard celui-ci découvre le précieux secret que Marisa lui a tu, il est furieux contre elle – et décidé à revendiquer sa paternité. Bouleversée par ces retrouvailles, Marisa doit faire face à l'homme qui la déteste maintenant, tout en protégeant leur enfant…

**Au service d'un play-boy grec, de Pippa Roscoe - N°4335**

Vingt-cinq jours, quatre cent trente-trois mails, vingt-huit heures de réunion et deux voyages en avion : Célia a travaillé sans relâche pour satisfaire Loukis Liordis, le client tyrannique pour lequel elle a organisé, en Grèce, un événement supposé casser son image de play-boy et lui offrir une nouvelle réputation. Loin d'être satisfait, hélas, le milliardaire exige bientôt qu'elle joue le rôle de sa fiancée. Une folie à laquelle Célia finit par consentir, par conscience professionnelle, tout en se jurant de ne jamais céder aux avances de Loukis…

**Pour une nuit inoubliable, de Jane Porter - N°4336**

Ne pas mélanger travail et plaisir : voilà la règle à laquelle Charlotte ne déroge jamais. Ses clients lui font confiance pour régler leurs problèmes d'image ou démêler les embrouillaminis médiatiques, et il n'est donc pas question qu'une aventure scandaleuse vienne entacher sa propre réputation. Pourtant, après avoir résisté des mois à l'attirance qu'elle éprouve pour Brando Ricci, Charlotte finit par succomber au désir entre ses bras au cours d'une nuit inoubliable. Une nuit qui n'est pas sans conséquence…

**Le retour d'un époux disparu, de Dani Collins - N°4337**

*Giovanni est vivant, elle le sait, elle le sent.* Depuis la disparition brutale de son mari, Freja refuse de croire à sa mort. Mais, en désespoir de cause, elle se prépare à en épouser un autre… tout en souhaitant que Giovanni interrompe la cérémonie – ce qu'il fait ! Hélas, ce retour aussi espéré que redouté place Freja face à la cruelle réalité. Si Giovanni a déserté du jour au lendemain, est-ce pour fuir leur mariage ? Ou bien dissimule-t-il un secret ? Bouleversée, Freja n'a qu'une certitude : la passion qui les unit est toujours aussi ardente…

**Une révélation italienne, de Carol Marinelli - N°4338**

Pour Dante Romano, le doute n'est pas permis : Mia Hamilton, la jeune veuve de son père, est une impitoyable croqueuse de diamants. L'attirance qu'il éprouve à son égard le met donc au supplice, jusqu'à ce qu'il l'attire dans son lit et assouvisse son désir. Parce qu'il la découvre innocente, Dante se demande soudain quels secrets la belle peut bien lui dissimuler. Mais bientôt, la révélation de sa grossesse vient tout éclipser…

**Revanche à Priddy Castle, de Liz Fielding - N°4339**

Au moment où il reconnaît Priddy Castle, Kam sent une émotion intense l'envahir. C'est là qu'autrefois il s'est uni à Agnès Prideaux, juste avant qu'elle le trahisse. Par la faute de la jeune aristocrate, la mère de Kam a tout perdu, son travail de cuisinière et surtout le toit sous lequel ils vivaient tous deux. Aujourd'hui, la rage au cœur, Kam est résolu à se venger d'Agnès, en rachetant son précieux château. Mais, pour parvenir à ses fins, il va lui falloir faire taire les sentiments qu'il sent bientôt renaître pour son premier amour…

**Une dette si dangereuse, de Cathy Williams - N°4340**

Sur le papier, le plan paraissait parfait à Caitlin : épouser son meilleur ami et régler la dette de sa famille par la même occasion. Seulement, le soir de leurs fiançailles, Caitlin fait une rencontre inattendue et troublante, celle de Dante Cabrera, le frère de son promis. Un homme dangereux qui se méfie aussitôt d'elle. Or, alors que Caitlin voudrait le convaincre de sa probité, voilà qu'elle succombe à son aura irrésistible. Jusqu'à perdre la raison entre ses bras…

**Le pacte d'un Sicilien, de Louise Fuller - N°4341**

SÉRIE : *LES ÉPOUX DE SICILE* - 2/2

La vengeance est un plat qui se mange froid, et Vicenzu Trapani la tient enfin entre ses mains. Parce que sa famille a jadis été spoliée par l'odieux Cesare Buscetta, il épousera sa fille, pour mieux lui ravir son héritage. Aussi belle que soit Immacolata, elle payera pour les crimes de son père ! Ce plan savamment ourdi révèle pourtant bientôt ses failles : Immacolata chérit sa liberté et, afin de lui prouver qu'il est l'homme idéal, Vicenzu va devoir déployer ses arguments les plus convaincants…

## Hassan, le sultan banni, d'Elisa Marshall - N°4342

SÉRIE : *L'HÉRITAGE DES SABLES* - 2/3

Banni du royaume de Zmelâa le jour même de sa naissance, Hassan Knight n'a aujourd'hui qu'une idée en tête : se venger. Mais, alors qu'il gagne le désert pour ravir par la force le titre de sultan dont il a été spolié, Hassan fait la rencontre de Nesrine, servante au palais. Une beauté qui le hait pour sa conduite impétueuse mais qu'il décide de conquérir. Jusqu'à y parvenir au cours d'une nuit sous le signe du désir, et qui les lie à jamais…

## Le secret d'un roi, de Rebecca Winters - N°4343

SÉRIE : *PRINCESSES ET MARIÉES* - 3/3

Depuis toujours, Fausta rêve d'une vie simple, opposée à celle qu'elle mène en tant que princesse. Pas question donc d'épouser une tête couronnée ! Le jour où elle croise le regard de Nico Barsotti, elle se prend à rêver d'un avenir auprès du sublime médecin, qui par bonheur partage ses sentiments. Pourtant, tout se complique quand Nico découvre le secret de sa propre naissance. Car, si Fausta est tombée amoureuse d'un docteur, l'aimera-t-elle encore quand il lui révélera qu'il est roi ?

## Les tourments du désir, de Sarah Morgan - N°4344

Nik Zervakis est conquis. Lily est si sensuelle, si pétillante… Cependant, il a pris la peine de la prévenir : avec lui, elle ne partagera que du plaisir. Des étreintes brûlantes qui ne déboucheront sur aucune relation. Hors de question que la jeune femme s'amourache de lui ! Pourquoi alors sent-il son cœur se serrer lorsque, au lendemain de leur unique nuit d'ivresse, il s'aperçoit que Lily a disparu ? Hanté par le souvenir de sa peau douce sous ses doigts, Nik prend aussitôt une décision : il retrouvera Lily et lui demandera de l'accompagner au mariage auquel il est invité sur une île grecque. Après tout, tant qu'il se retient de céder de nouveau au désir, il ne brise pas vraiment leur accord…